DOCTOR WHO
Guía para principiantes

Salvador Molina

Heras Books

Copyright del presente libro, Salvador Molina y Heras Books

Créditos y agradecimientos:

Doctor Who es una serie de televisión de la **BBC** británica. Las imágenes aquí usadas lo han sido con fines meramente informativos y son propiedad de dicha cadena y/o sus respectivos autores, así como de los respectivos actores.

Querría dar las gracias –y recomendar- algunas páginas web en castellano dedicadas a la serie y al personaje cargadas de información y que han sido muy útiles para completar este trabajo, en concreto el blog **Doctor Who en lin**ea (https://doctorwhoenlinea.blogspot.com/p/doctor-who.html) y la web "**papelpsiquico**" (activa actualmente a través de Twitter/X). "**Doctor Who Esfera**" (whoesfera.com) es otra fuente de información al respecto, e incluye enlaces a otras web en castellano, aunque mucha de la información sobre la serie está en inglés. A este respecto, **Tardis.fandom.com** es una página de referencia, aunque hay muchas más.

La revista de Panini **Doctor Who Magazine** también es una fuente valiosa de información, muy especialmente los "companions" y especiales dedicados a la serie y sus diferentes temporadas y capítulos.

DOCTOR WHO
Guía para principiantes

CAPÍTULO 1

Doctor... ¿quién?

01. A MODO DE INTRODUCCIÓN
(Conociendo al Doctor)

El Doctor Who es un caso único en la historia de la televisión.

Esta extraordinaria serie de la **BBC** británica, hoy día todo un éxito mundial, empezó a emitirse allá por 1963 y estuvo en antena de forma más o menos continuada nada menos que 26 años, hasta 1989. Durante todo ese tiempo, el personaje, y toda la parafernalia que le acompaña se convirtieron en un icono de la cultura popular inglesa, comparable a los Beatles o a James Bond, por poner un par de ejemplos destacables en diferentes terrenos.

Hubo un intento de relanzamiento de la serie en 1996, con una TV movie, pero la cosa no llegó a cuajar y así, su retorno definitivo –y la vuelta incontestable a la popularidad- se produjo en 2005.

De este nuevo periodo se han realizado ya trece temporadas, con sendos episodios especiales. En España la serie ha tenido una presencia más bien errática, emitiéndose en diferentes plataformas a lo largo del tiempo (las siete primeras temporadas se pudieron ver en el canal SyF, más adelante estuvieron disponibles en Netflix de la quinta a la décima, y la última vez que miré estaban las diez primeras en Amazon Prime Video, sin que se sepa, en el momento en que escribo esto, si se añadirán las últimas. Por supuesto, se pueden comprar los recopilatorios de la serie en los DVDs y Blu-rays que saca puntualmente la BBC, o tratar de seguirla por Internet).

A lo largo del tiempo, la serie ha generado todo tipo de productos, incluyendo una revista, **The Doctor Who Magazine**, inicialmente producida por la **Marvel** inglesa (hoy en manos de **Panini**) que tiene el honor de ser la más longeva dedicada a un personaje de televisión (está en el libro Guiness de los records por ello). En la revista se han publicado desde siempre comics, hoy día recopilados en sendos tomos, aparte de las aventuras producidas directamente para el formato comic-books, especialmente en América (**IDW** tuvo los derechos del personaje en aquél continente durante un largo y fértil periodo antes de volver a las Islas Británicas de la mano de **Titan Books**, que ahora comparte los derechos con Panini. Por cierto que en los últimos años **Editorial Fandogamia** ha publicado en España algunos recopilatorios; aprovechad para haceros con ellos, porque no es muy habitual ver cómics del Doctor Who por aquí).

También hay novelas de ficción protagonizadas por el personaje, libros y estudios dedicados a su figura, seriales radiofónicos y, por supuesto, todo tipo de merchandising, para deleite de los aficionados a la serie, que se autodenominan **whovians**.

Pero, remedando el título de la serie, ¿quién es el **Doctor**?

02. DOCTOR WHO BÁSICO
(Lo que hay que saber del Doctor)

El Doctor, del que nunca se dice el nombre ("soy simplemente...el Doctor", suele decir cuando se presenta) es, en principio[1], un **Señor del Tiempo**, una raza muy parecida a la humana (no en todos los aspectos, tiene dos corazones, por ejemplo) originaria del planeta **Gallifrey** (¿quién se inventaría el nombrecito? Como muchos otros aspectos de la serie, está entre lo sublime y lo ridículo, pero eso es parte de su gracia, estar escrita "with tongue in the cheek" -con la lengua en la mejilla-, que dirían los ingleses, es decir de forma algo frívola). Los susodichos Señores del Tiempo (**Time Lords**) dominan la ciencia de viajar en el espacio-tiempo, es decir que lo mismo se plantan en el futuro lejano que en la prehistoria, aquí o en la otra punta del universo, aunque tienen tendencia a aparecer por Londres, como se ha señalado irónicamente en algún sitio.

En el relanzamiento de la serie en 2005 se presenta al Doctor como "el último de los Señores del Tiempo", aunque como veremos luego esta afirmación está bastante lejos de ser cierta.

Así pues, El Doctor viaja en el tiempo y el espacio haciendo frente a todo tipo de amenazas procedentes de diversos planetas y salvando al universo y a todo aquel que lo necesite, pero muy habitualmente a la Tierra y a Inglaterra de forma más específica, de diversas razas alienígenas, por lo general no muy amigables, tanto en el presente como en el pasado y el futuro.

Nota 1: bueno, ésta es, al menos, la información clásica establecida a lo largo de más de 50 años de historia de la serie. En la duodécima temporada, sin embargo, **Chris Chibnall**, *showrunner de la misma, se ha descolgado con algunas revelaciones algo polémicas "que cambiarán todo lo que sabemos" sobre el Doctor.*

Si quieres saber más sobre el nuevo origen del Doctor, ve a la **página 51**.

La cabina azul que acompaña a la nota de la página anterior, idéntica a la que tienes aquí a la derecha, que ya habrás notado en la portada de este libro y en la página inicial, resulta ser el medio de trasporte el Doctor, su "nave espacial"  –inconfundible el sonido que hace al aparecer y desaparecer, una de las señas de identidad de la serie que cualquier "whovian" sabe imitar, igual que sabe tararear la melodía característica de la serie-. Se llama **TARDIS** (acrónimo de **T**ime **A**nd **R**elative **D**imensions **I**n **S**pace - Tiempo Y Dimensiones Relativas en el Espacio; de "dimensions" lo he visto indistintamente en singular y plural-) y tiene la forma exterior de una cabina telefónica de policía, muy comunes en Inglaterra en la época en que se estrenó la serie –los años 60-, por lo que constituía una forma perfecta de pasar desapercibida en las calles de Londres en aquel entonces. Se supone que los mecanismos de camuflaje se estropearon en algún momento, de ahí que haya permanecido todo este tiempo con la forma ya desfasada de una "Police Box".

Como señalan asombrados todos los que entran en la Tardis por primera vez, ésta se caracteriza por ser mucho más grande por dentro –una nave espacial en toda regla- que por fuera (su interior existe en una dimensión diferente, por lo visto... ciencia de los Señores del Tiempo y tal).

¡ATENCIÓN!
Guía para el principiante, instrucciones de uso: *este libro se puede leer de forma lineal, pero haciendo honor a los viajes en el tiempo y el espacio característicos de la serie, también podemos saltar adelante y atrás en el texto (de hecho, esta "guía" presenta la serie de forma no-lineal, cronológicamente hablando, como pronto verás). Cuando aparezca una miniatura de la **Tardis** en el presente libro significa que puedes ir a la página que se indica para seguir la lectura en un punto concreto de la misma.*

Al final de cada salto hay una nueva llamada para volver al punto de origen –o a su capítulo correspondiente-. Y siempre está, claro, la posibilidad de recurrir al índice, al final del libro, para curiosear episodios concretos y retomar la lectura donde cada cual prefiera...

Ah, el texto en azul introduce la fotografía que lo acompaña, o bien es una nota o un apartado dentro del texto principal. ¡Disfruta del viaje!

Otro de los artilugios habituales del Doctor es el "destornillador sónico" (**Sonic Screwdriver**). Con él, el Doctor hace todo tipo de trucos según le convenga a la trama, pero principalmente sirve para abrir cerraduras y analizar todo lo que se le ponga por delante. Abajo, un par de modelos de "destornillador sónico" (en la segunda fila, el modelo que se ha presentado en el especial navideño de 2023, con una forma ya toralmente diferente). A su lado, el Doctor mostrando su "**papel psíquico**", una acreditación en blanco que lleva en la cartera con la que se puede identificar como policía, científico o lo que sea, ya que la persona que lo ve lee en ella lo que más le conviene al Doctor en cada momento.

Una de las características fundamentales del Doctor como individuo es la "**regeneración**" (en la foto de más abajo lo podemos ver en pleno proceso), común a toda su raza. Llegado el momento, los Señores del Tiempo pueden "recargarse" a sí mismos, revivir, digamos, si bien con otra forma física, otra cara e incluso otra personalidad. En esencia siguen siendo ellos, "el Doctor", o de quien se trate, aunque en realidad cada encarnación tiene sus propias peculiaridades.

Este golpe de genialidad, que se les ocurrió a los productores cuando el actor que encarnó al personaje por primera vez tuvo que retirarse por problemas de salud, ha hecho que a lo largo de la historia haya habido, hasta el momento, quince Doctores "oficiales" –y algún que otro extraoficial-, cada uno interpretado por un actor diferente, con la excepción de **David Tennant**, que ha repetido en el papel, dando vida al décimo y al décimo cuarto Doctor.

Los Doctores se enumeran según su orden de aparición en la serie, así, **Primer Doctor**, **Segundo Doctor**, etc.

*Para saber más de los Doctores clásicos, los de la serie antigua, ve al capítulo 6 (**página 133**).*

*Los Doctores "modernos" los vemos con más detenimiento a partir del próximo capítulo, pero si no quieres esperar, puedes saltar ya a la **página 19**.*

De todas maneras, ofrecemos un adelanto tanto de los Doctores antiguos como de los nuevos en la página siguiente. ¡No te hace falta la Tardis para echarles un primer vistazo!

03. LOS QUINCE DOCTORES

A continuación, un collage de los **12 primeros Doctores** de las series antigua y moderna. Todo un compendio de moda estrafalaria al estilo británico. Los de la fila inferior del cuadro son los cuatro primeros que han encarnado al Doctor en la versión moderna de la serie, que veremos luego con más detenimiento.

Al Décimo tercer Doctor le deberíamos llamar "la Doctora" porque ha resultado ser una mujer - la primera en asumir el papel, aunque en inglés no existe femenino para el título y se siguen refiriendo a ella como "The Doctor".

¿Quién dijo que el personaje no pudiese también cambiar de sexo, igual que de cara? De hecho, ya en las temporadas previas varios Señores del Tiempo masculinos se regeneraron como mujer, entre ellos "**el Amo**" –**The Master**, némesis del Doctor que en su versión femenina se llama **Missy**, diminutivo de **Mistress** –"Ama"-, además de un nombre de mujer-, preparando así el terreno para travestir al personaje principal también.

Abajo, en la foto grande, la "Doctora", y en las dos pequeñas el nº 14 (**David Tennant**, el único que ha repetido hasta la fecha) y el Décimo quinto, el flamante nuevo Doctor, el primero interpretado por un actor de color, que ha hecho su debut en los especiales de 2023.

En la foto de arriba a la izquierda, la "**Doctora**", en el centro, está rodeada de sus "**companions**" –o acompañantes-, otro elemento característico de la serie. Los "companions", casi siempre humanos, viajan con el Doctor aportando el lado más terrenal con el que se puede identificar el espectador. Con ellos el Doctor entabla buenas relaciones de amistad y, a veces, algo más.

Los "companions" también van variando, aunque por motivos mucho más prosaicos que la regeneración (normalmente, dejan al Doctor para seguir con sus vidas, aunque, sobre todo en la etapa moderna, algunos acaban teniendo un destino mucho más trágico).

A un Doctor no le corresponde necesariamente un acompañante fijo -y a la inversa, un "companion" puede viajar con más de un Doctor-. Así se han formado diferentes parejas/tríos cuya distinta interacción añade diversión a la serie. **Rose Tyler** por ejemplo, la primera "companion" de la nueva etapa de Doctor Who, viajó con el Noveno y el Décimo Doctor, y éste último a su vez, además de Rose, estuvo acompañado por **Martha Jones**, **Donna Noble** y algún que otro "companion" ocasional. Pero ya llegaremos a eso…

Como se puede entrever por todo lo comentado hasta ahora, esta serie es muy imaginativa, ya en sus premisas iniciales. Además, los guiones están escritos de forma inteligente, a menudo con múltiples niveles de lectura (en principio es una serie para toda la familia, pero el espectador se puede sorprender con algunos de los temas que trata, eso sí, siempre de forma bastante correcta y sutil, podríamos decir).

En general, las historias de cada capítulo son independientes, de forma que se pueden ver individualmente y se entienden sin mayor problema, incluso si no has visto ningún episodio antes, aunque también es verdad que suele haber una historia principal que recorre una o incluso varias temporadas, y a menudo hay guiños a los seguidores habituales de la serie, de forma que, por supuesto, la disfrutarás mucho más si eres uno de ellos. Esto ocurre con todas las series, claro, pero a veces, en el caso del Doctor, puede ser un poco intimidante, precisamente porque acumula ya más de 50 años de historia. No te preocupes, ¡para eso está esta guía!, para introducirte en el fantástico mundo del Doctor Who y, créeme, es muy fácil y tremendamente divertido, que es lo importante.

APÉNDICE: EL DOCTOR Y YO
(Conexiones –no tan- inesperadas)

Yo llegué al "universo Doctor Who" por casualidad, cuando estaba investigando las referencias a la cultura popular (otros dirían frikerío) que aparecen en la serie de televisión **The Big Bang Theory** para un estudio llamado precisamente *The Big Bang Theory Enciclopedia*, un catálogo de las citas a la cultura popular, incluyendo otras series de televisión, comics, películas, etc, que aparecen en dicho título, y cuya primera –y hasta la fecha única- entrega está y disponible en formato kindle en Amazon… ¡no te lo pierdas!).

En esta comedia, epítome de lo "nerd", se menciona en repetidas ocasiones al Doctor e incluso ha aparecido en alguna ocasión la célebre **Tardis**, la última vez, que yo recuerde, en el episodio 19 de la octava temporada, llamado "**The Skywalker Incursion**". El título hace referencia al hecho de que **Sheldon** y **Leonard**, dos de los protagonistas principales de The Big Bang Theory se cuelan en el rancho de George Lucas, llamado precisamente Skywalker, como el apellido de algunos de los principales protagonistas de su saga galáctica –supongo que Star Wars sigue siendo más popular que el Doctor Who, de ahí que se le dedique el nombre del episodio-. El caso es que, entretanto, otro de los protagonistas, **Howard**, tiene que deshacerse de su réplica de la **Tardis** a instancia de su mujer, **Bernadette**. El resto de la pandilla se la juegan al ping-pong, consiguiéndola finalmente Amy, que la instala en la puerta de su dormitorio para atraer a él a su muy estrambótico y más bien frígido novio **Sheldon Cooper**.

INTERSECCIÓN: DOCTOR WHO EN THE BIG BANG THEORY

La Tardis de Howard, en el desván de éste, primero, y luego instalada en la puerta de Amy (en pequeño, a la derecha, los amigos haciendo cola ante ella).

A la izquierda, Sheldon entusiasmado con el invento y disfrazado de Doctor (el cuarto Doctor, para ser precisos; fue el más popular en América de entre los de la serie clásica). Que su novio se pase la tarde jugando a ser el Doctor no es exactamente lo que Amy tenía en mente.

La Tardis ya había aparecido en la fiesta de Halloween que Stuart celebra en su tienda de cómics (episodio quinto de la sexta temporada, "The Holographic Excitation".

En la foto se ve a Penny y Leonard saliendo de ella (mejor no saber lo que hacían dentro) sorprendiendo a una pareja de pitufos que no son otros que Howard y Bernadette.

***

Decidido a enterarme bien de que iba la serie a la que se hacía referencia para poder escribir la correspondiente entrada en mi "The Big Bang Theory Enciclopedia", me puse a ver Doctor Who, y quedé enseguida enganchado a ella.

Creo que tuve suerte porque por pura casualidad empecé por un punto bastante asequible: el inicio de la quinta temporada (siempre de la serie moderna) y la introducción del **Undécimo Doctor** –**Matt Smith**, uno de los más populares de los últimos tiempos, con permiso de **David Tennant**- y de **Amy** –**Amelia**- **Pond**, su acompañante inicial.

Pero como ya digo, fue pura casualidad. ¿Cómo se introduce uno en una serie con tanta historia y con una mitología propia que puede ser confusa o contradictoria a veces?

En lengua inglesa hay varios artículos en diferentes páginas web que te orientan o aconsejan sobre por dónde empezar a ver la serie, pero no he encontrado nada parecido en castellano, aunque sí que hay varias páginas web muy completas, como las que cito en los créditos y agradecimientos iniciales del libro (la **Doctor Who Esfera**, **Papel Psíquico**, **Doctor Who en línea**...), con muchísima información y que de hecho he usado como fuentes para este libro, junto a muchas otras de origen anglosajón. **Tardis.fandom.com**, por ejemplo.

Precisamente mi intención al escribir este ensayo es compartir mi experiencia de "beginner" o principiante en la serie, lo que puede servir de ayuda al novicio que se acerque a ella. También te invito a seguir tu propio camino y tirar por donde más te interese, claro, aunque esta **Guía para principiantes** te puede ayudar, al menos, a saber qué posibilidades existen.

Creo que el presente libro también puede ser interesante para el conocedor de la serie, que sin duda rememorará su propia experiencia de descubrimiento, compartiendo o no las opiniones vertidas aquí.

Sea cual sea el camino elegido seguro que será uno que merece la pena recorrer.

***

Nota: inevitablemente, puesto que se trata de una serie en marcha, esta guía requiere ser actualizada de vez en cuando con las novedades que se van produciendo en las nuevas temporadas, algo que ya hemos hecho un par de veces.

Actualmente se ha presentado ya a un nuevo Doctor, el número 15, interpretado por **Ncuti Gatwa** *(¿con* **David Tennant** *en la reserva?) y tenemos a* **Russell T. Davies** *de vuelta en las labores de showrunner de la serie –fue el responsable del relanzamiento de 2005-, una pareja que seguro que nos deparará grandes momentos. El final de su ciclo, que aún no sabemos cuánto durará –la décimo cuarta temporada está anunciada para 2024 y cada Doctor suele durar unas tres temporadas en el papel-, será un buen momento para volver a actualizar la guía. No obstante, sea cual sea el momento en que la leas, esté rabiosamente al día o algo desfasada, la información recogida aquí sigue siendo útil y –esperamos- una lectura amena.*

CAPÍTULO 2

Enganchándose al Doctor

01. THE ELEVENTH HOUR
(El Doctor de Smith)

Como ya he dicho, yo empecé mi viaje, sin ningún motivo en concreto más allá de que era el inicio de un nuevo Doctor y me pareció, por lo tanto, un lugar tan bueno como cualquier otro para echarle un vistazo, por la quinta temporada, la primera de **Matt Smith** como Doctor, el undécimo, lo que resultó ser una suerte, no tanto porque, como he sabido luego, es una de las etapas más populares de la serie y una de las que ha atraído a más público y a nuevos seguidores, sino porque ese primer episodio me encantó y me enganchó ya para siempre (no es para menos, es uno de los inicios de temporada más redondos que se han hecho nunca).

EL UNDÉCIMO DOCTOR

***Matt Smith**, uno de los Doctores más celebrados desde el relanzamiento de la serie. Su Doctor es divertido, con un punto infantil pero también, a veces, melancólico y romántico (¡y sexy, a decir de los, y sobre todo las, fans!)*

En la quinta temporada, además, se daba la bienvenida a **Steven Moffat**, que ya había trabajado esporádicamente en algunos episodios de la serie como guionista, firmando algunos de los más celebrados, por cierto, y que sustituía a partir de ahora a Russell T. Davies como "showrunner" de la serie (el "director general", la persona que decide por donde van a ir los tiros. No todos los episodios de cada temporada están escritos por él, pero sí los más esenciales, además de orientar y supervisar al resto de guionistas y a los directores).

En el episodio inaugural de la quinta temporada, "**The Eleventh Hour**" ("En el último momento", en su emisión en España) un recién regenerado Doctor se estrella en el jardín trasero de **Amelia –Amy- Pond**, una niña solitaria que vive en una casa donde resulta que hay una "grieta temporal" –el leitmotiv de esta quinta temporada- por la que se ha escapado un tal "prisionero cero".

Amy acoge al Doctor (en la imagen inferior), que está absolutamente confuso con su nuevo cuerpo (genial **Matt Smith** ya desde el primer momento) y no tiene muy claras algunas cosas (por ejemplo cual es su comida favorita, los palitos de pescado –"fish fingers" o "dedos de pescado" en el original- que se convertirán en un leit motiv en esta etapa de la serie, volviendo a aparecer como broma particular recurrente), lo que da lugar a algunas escenas divertidas (el "inicio" de cada Doctor suele serlo).

El Doctor tiene que arreglar la Tardis, que ha sido dañada por el impacto, y le pide a Amelia que lo espere cinco minutos, pero cuando vuelve han pasado nada menos que 12 años y Amelia, ahora Amy, ha crecido contando historias de un "doctor desarrapado" que conoció en su infancia y que, a fuerza de psicólogos, ella misma ha llegado a pensar que eran fantasías de cría.

Amy espera inútilmente en el jardín a que el Doctor vuelva. Cuando él regresa ella está algo crecidita. Lo primero que hace es golpearlo con un palo de criquet y esposarlo a un aparato de calefacción, ya que lo toma por un intruso. Lo del traje de policía con el que la vemos en su primera aparición adulta (página siguiente) se debe a que Amy trabaja como "besograma" –da besos por encargo- disfrazada de diferentes papeles, policía, enfermera, etc. El Doctor, al principio, cree que es policía de verdad.

A la derecha, Amelia niña esperando en el jardín el regreso del Doctor. Abajo, la Amy adulta disfrazada de policía.

Pese a cierta tensión inicial, la Amy adulta y el Doctor enseguida simpatizan y le hacen frente al alienígena que se ha estado ocultando todo este tiempo en la casa de Amy, en una habitación de la que nadie podía ver la puerta. Y, lo que es aún más peligroso, a sus perseguidores extraterrestres que no dudarían en arrasar todo el planeta para que el prisionero no escape.

Al final el Doctor –tras derrotar a los malos y otro "pequeño" salto temporal de 2 años- le pide a Amy que viaje con él, lo que ésta no se piensa demasiado, aunque como podemos ver en la última escena, tiene un traje de novia preparado en su habitación, ya que al día siguiente tenía planeado casarse con su novio de toda la vida, **Rory Williams**.

Rory también va a tener un papel importante en la serie, y de hecho llegará a viajar con el Doctor y con Amy, pudiendo considerarse un "companion" de pleno derecho.

El personaje de Amy está interpretado, en su versión infantil, por **Caitlin Blackwood**, y en la adulta por **Karen Gillian**, a la que algunos críticos encontraron "demasiado exuberante" para una serie en teoría familiar (¿?).

La actriz ha destacado después en algunas super producciones americanas, especialmente en la franquicia Marvel de los **Vengadores** y los **Guardianes de la Galaxia**, en la que encarna a **Nébula**, una de las hijas de Thanos en el Universo Marvel Cinemático. No te preocupes si no la has reconocido en las películas, entre que es azul y no tiene pelo cuesta trabajo hacerlo.

Matt Smith, por su parte, ha sido visto en varias producciones inglesas, por ejemplo en la reciente **The Crown**, dando vida al marido de Isabel II, el príncipe Felipe (¡!).

AMY –AMELIA- POND AND FAMILY; HISTORIA GRÁFICA

La primera acompañante del Undécimo Doctor, tal como aparece de pequeña y luego -abajo a la derecha-, ya de adulta.

*A la izquierda, **Karen Gillian** como **Nébula**, en las pelis de los Vengadores.*

A la derecha, Amelia se encuentra por primera vez con el "Doctor desarrapado" tras estrellarse la Tardis en su jardín. La niña no duda en acogerlo y ayudarle en todo lo que puede.

*A continuación: en la primera imagen de la fila superior, **Amy** con **Rory** (interpretado por **Arthur Darvill**). A su derecha, Amy con el "**prisionero cero**", la primera amenaza a la que se enfrenta el Doctor de Matt Smith.*

El monstruito que se ve en esa fotografía es la forma "real" del "prisionero cero", aunque también aparece como humano (ver fotos de la segunda fila, donde lleva su disfraz de "persona con perro". Por desgracia para él, se hace un lío con las bocas de amo y perro y se pone a ladrar por la del hombre, con lo que lo descubren enseguida).

En esta etapa de la serie la pareja formada por Amy y Rory juega un papel muy importante (los vemos en las temporadas 5 y 6 de la serie y en la primera parte de la séptima temporada), tanto por ser los acompañantes del Doctor y como tal participar en sus aventuras, como porque muchos de los argumentos giran en torno a ellos.

Amy y Rory acabarán casándose, como estaba planeado, aunque no sin pasar por numerosas complicaciones (la vida de cualquiera se ve trastocada cuando entra en contacto con el Doctor), y además, y no lo menos importante, su historia se entrelaza con la de **River Song**, una aventurera que también viaja en el tiempo, aunque en orden inverso al del Doctor y que resulta ser, como descubriremos cuando el personaje ya esté bien asentado en la continuidad de la serie, la hija de Amy y Rory (pese a ser algo más talludita que ellos).

River fue secuestrada al nacer y se la adiestró para ser "**la mujer que mata al Doctor**", pero también se la conoce como "**la mujer que se casa con el Doctor**", ambas cosas. ¿Intrigado? Si es así, toma uno de los desvíos que se ofrecen al final de esta página.

A continuación, **River Song***, un personaje fundamental en el periplo del Undécimo Doctor. Está interpretado por* **Alex Kingston** *(casi siempre).*

***

Desvío a la **historia de Amy y Rory** *(página 105) o bien a la de* **River Song** *(página 111).*

EN RUTA CON EL DOCTOR (Y AMY)

Desde este punto de la serie, si se es ordenado, el "novicio" podría seguir adelante y ver toda la saga del **Undécimo Doctor** (temporadas 5 a 7 mas varios especiales) en la que junto a historias autoconclusivas encontrará un arco argumental principal fascinante (bueno, varios en realidad) y a menudo enrevesado que recorre toda la etapa del Doctor de **Smith** (o si se prefiere, de **Steven Moffat**).

Otra posibilidad, antes de adentrarse en una trama tan compleja (y que de hecho es lo que yo hice), es saltar a otro punto cualquiera de esta etapa para hacerse una idea global del conjunto.

Un episodio autoconclusivo destacado –y muy emotivo- podría ser aquel en el que el Doctor, Amy y Rory visitan a **Van Gogh** (quinta temporada, episodio 10), sí, el célebre pintor atormentado.

Abajo, imagen promocional de dicho episodio.

Y es que la serie aprovecha el hecho de que la Tardis se mueve en el tiempo para incluir personajes históricos como secundarios, sobre todo ingleses. Por ahí aparece **Winston Churchill**, varias reinas de Inglaterra –con alguna de las cuales el Doctor, en determinadas encarnaciones, ha tenido algo más que algún flirteo esporádico- o la mismísima **Mary Shelley**, la escritora de **Frankenstein**, junto a su marido, **Percy Shelley**, **Lord Byron** y el resto del grupo de la famosa velada junto al lago de Suiza que dio origen a la historia del monstruo.

Otro episodio interesante es el divertido "**The Lodger**" ("El inquilino", episodio 11 de la quinta temporada) en el que el Doctor se instala en una habitación del apartamento del desastrado soltero **Graig Owens**, un personaje que volverá a aparecer en la serie tiempo después.

*Abajo, **Graig Owens**, interpretado por **James Corden**.*

Graig no es exactamente un companion, pero casi (si consideramos como tal a cualquiera que comparta una aventura con el Doctor). En su primera aparición lo vemos soltero y enamorado de una amiga, aunque sin atreverse a declararse a la chica, algo que el Doctor le ayudará a solucionar.

*Más adelante, en el episodio "**Closing Time**" ("Hora de cerrar, en su emisión española), lo volvemos a ver no sólo emparejado con Sophie, la chica en cuestión- sino como feliz papá de un bebé con el que el Doctor se comunica ya que habla con fluidez el "idioma bebé".*

Ver al Doctor en "The Lodger" tratando de integrarse en un grupo de humanos corrientes y molientes, que no están al tanto de su condición de extraterrestre, ofrece momentos hilarantes, como cuando se pone a jugar al futbol.

A continuación, el Doctor se divierte.

Una tercera opción que se le presenta al explorador de la serie es dar un salto aún mayor, a otra etapa totalmente diferente. Después de todo Doctor Who trata de viajes en el tiempo (y el espacio) y pone a tu disposición varias series en una –en el sentido de que tiene protagonistas diferentes y arcos argumentales estancos, aunque a la vez relacionados entre sí, lo que hace al título doblemente interesante, en mi opinión-.

La ocasión de ir siguiendo tú mismo las pistas que se encuentran dentro de cada capítulo convierte la experiencia en mucho más interactiva, así que, cual viajero de la Tardis, yo, tras conocer al Undécimo Doctor y ver un par de capítulos al azar de su primera temporada (recuerda, la quinta), me fui al **Especial Navidad de 2005**, "**The Christmas Invasion**", un episodio previo a la segunda temporada de la serie y que es la primera aventura del **Décimo Doctor** (obviamente los principios y finales de cada Doctor, su regeneración de uno en otro, son puntos fundamentales en la cronología del personaje).

02. Y ÉSTE TAMBIÉN ES EL DOCTOR
(El Doctor de Tennant)

El Décimo Doctor está interpretado por **David Tennat**, que es el preferido de muchos aficionados. En el citado episodio especial de 2005 tiene que enfrentarse a una invasión alienígena durante la Navidad. O mejor dicho, la que tiene que hacerlo, ya que el Doctor se pasa buena parte del episodio dormitando debido al proceso de regeneración, es **Rose Tyler**, su acompañante del momento, interpretada por **Billie Piper**.

Abajo, el Doctor y Rose Tyler.

Nota: siguiendo con nuestro juego de "qué fue de...", Tennant apareció luego en **Broadchurch**, serie inglesa dirigida por **Chris Chibnall**, el showrunner que sustituyó a Moffat en la undécima temporada. Por cierto que en esa serie también trabajó la que sería el/la nuevo Doctor, **Jodie Whittaker**... Como se suele decir, el mundo es un pañuelo, y más el mundo de la televisión inglesa.

Tengo que confesar que cuando oí que el primer Doctor femenino sería una actriz de Broadchurch pensé en **Olivia Colman**, la que hace el papel de policía en esa serie, que, francamente, para mí da mucho más el tipo como Doctor que Jodie Whittaker.

*A la derecha, **Olivia Colman** con Tennant en **Broadchurch**. De hecho el actor dijo que era su opción favorita para interpretar al personaje. ¿A que hubiese sido una excelente Doctora?*

Olivia aparecía como uno de los disfraces que adopta el *"prisionero cero"* de *"En el último momento"* (The Eleventh Hour), pero el que un actor haya aparecido anteriormente en la serie no es obstáculo para que pueda luego asumir otro papel, ahí está el mismísimo **Peter Capaldi**, el sustituto de Matt Smith como Doctor, es decir, el Duodécimo, que tenía un papel destacado como patricio romano en una Pompeya a punto de ser sepultada bajo el Vesubio en un episodio de la cuarta temporada en el que se encontraba con el Doctor de David Tennant.

A la izquierda, Olivia como "prisionero cero". En esta ocasión el disfraz se completaba con un par de niñas.

Billie Piper, por su parte, apareció en un papel en la interesante serie **Penny Dreadful**, ya alejada del roll de la jovencita de barrio que encarnó en Doctor Who.

VIAJANDO CON EL DOCTOR (Y ROSE)

El Doctor de Tennant tiene una personalidad chispeante, arrolladora y algo arrogante. El contraste con el Doctor de Matt Smith es considerable. Este último parecía a veces mucho más vulnerable, con un toque incluso ingenuo, mientras que el Doctor de Tennant mantiene a raya sus sentimientos, al menos exteriormente, lo que no quiere decir que no los tenga. La historia de amor que acabará viviendo con Rose es, de hecho, la primera que se le conoce al Doctor, al menos de forma tan explícita.

Por su parte, Rose, es una acompañante más del tipo "chica de acción" que Amy, casi un "chicazo", tirando de clichés.

El que el "acompañante" –más bien la acompañante, ya que suele ser una chica de buen ver- viva los cambios del Doctor e interactúe con el nuevo es otro punto interesante de la serie, al poder ver como se complementan las diferentes parejas de actores y personajes, lógicamente con un tipo de "energía" o de tensión entre ellos diferente a la generada por cualquier otra pareja Doctor/companion.

En este caso la relación entre Rose y el "nuevo" Doctor acaba siendo mucho más que una buena amistad entre compañeros de viajes, mientras que entre ella y el anterior Doctor el vínculo era más de camaradería, o de "maestro/aprendiz" podríamos decir, o paterno filial, lo que tiene todo el sentido del mundo dado su historial vital (su padre murió cuando ella era un bebé, por lo que creció sin figura paterna). Claro que también hay que tener en cuenta que la diferencia de edad con "su" primer Doctor es mayor que la que hay con Tennant.

*Para más información sobre **Rose Tyler** ir a la **página 89**.*

***

Volviendo al Especial Navidad, cuando el nuevo Doctor por fin se despierta –o se recupera de su regeneración- derrota brillantemente al líder de los **Sycorax**, la raza invasora, en un duelo que los lleva a la plataforma de una nave espacial que sobrevuela Londres. En la pelea le cortan una mano. Por fortuna, como está todavía en fase postregeneración, la mano le vuelve a crecer, pero el miembro perdido tendrá también su importancia en el futuro.

Abajo: duelo del Doctor –sí, en pijama. No es un debut muy elegante, pero se estaba recuperando de su regeneración, ¿vale?- contra el líder de los Sycorax.

A la derecha, el Doctor sin una de sus manos.

Si ves el tráiler del siguiente episodio (que a veces ponen al final de cada capítulo), es difícil que te resistas a verlo, aunque sólo sea para saber quiénes son esas "monjas-gato" que aparecen en él (las de la imagen de aquí al lado).

En **The New Earth** ("La nueva Tierra"), que es el primer episodio de la temporada 2, además de esa raza felina –que resultan ser enfermeras, no monjas- aparecen también otros personajes que, por lo que dicen, ya conocían a Rose y "al otro Doctor", como es el caso de "**El rostro de Boe**" y **Cassandra O'Brian**, la última humana del universo, que se conserva en forma de poco más que un trozo de piel con cara tensado sobre un bastidor –es célebre su frase "moisturise me, moisturise me" –hidratadme, hidratadme- dirigido a sus ayudantes para que la mantengan tersa.

***Casandra O'Brian** (abajo a la izquierda, en el bastidor), resulta ser el último ser humano…bueno, eso dice ella. Al lado, **El rostro de Boe**, un enigmático ser amigo del Doctor.*

Cassandra tiene un gran protagonismo en esta historia. En el transcurso de la misma toma posesión del cuerpo de Rose, aprovechando para besar al Doctor –el primer beso de la pareja, a la derecha, claro que es con la chica en estado de "enajenación"–.

***

Obviamente, si hubieses visto la serie en orden cronológico ya conocerías tanto a Cassandra como al "rostro", ya que se presentaron en la temporada anterior. El que se haga referencia a su anterior encuentro hace irresistible no volver a saltar en el tiempo hacia atrás para saber más de ambos personajes e ir…al inicio de la primera temporada, la del Noveno Doctor (Nota, por si hace falta recordarlo: hablamos siempre de primera, segunda, etc, temporadas refiriéndonos al **nuevo ciclo** de Doctor Who, el iniciado en 2005).

Si quieres ver algo más del Décimo Doctor antes de viajar hacia atrás recomendaría, por ejemplo, el episodio de la tercera temporada "**Blink**" (**Parpadeo**), escrito por **Steven Moffat**, el escritor que más adelante tan importante iba a ser en la serie. En ese episodio en concreto –ya sin Rose- se presenta por primera vez a los "**ángeles llorosos**" (**weeping angel**s en el original), unos enemigos del Doctor tan escalofriantes como fascinantes.

Pero en realidad hay muchos episodios autoconclusivos en la etapa como Doctor de Tennant. También destacables son los especiales, de los que hubo muchos (tras la cuarta temporada, de hecho, llegaron a emitirse 5, en lo que se llama a veces "la temporada de los especiales"). Hablamos de ellos con más detalle aquí:

Desvío a los especiales del Doctor de Tennant.
*(Ve a la **página 54**).*

03. EL PRIMER NUEVO DOCTOR
(El Doctor de Eccleston)

La primera temporada, con **Christopher Eccleston** como el **Noveno Doctor**, marcó el retorno de la serie tras 16 años de sequía (si no contamos con la TV movie de 1996), como ya comentábamos al principio.

Puede que hubiera sido más sencillo empezar por aquí nuestro recorrido por la serie, pero Eccleston, que solo estuvo en esta primera temporada, quizá no sea el Doctor más popular pese a que, personalmente, pienso que su etapa está a la altura de los siguientes, en originalidad e interés argumental.

En cuanto al actor como Doctor, quizá sea algo menos excéntrico que los otros –cada uno tiene su estilo-. Eccleston es más sobrio, lo que se refleja también en su manera de vestir, bastante más austera de lo que suele ser habitual (chaqueta de cuero, prendas oscuras) quizá porque los responsables del relanzamiento pensaran que no era buena idea presentar al personaje con alguno de los vestuarios esperpénticos que lo caracterizaban en el pasado. Hasta cierto punto sus sucesores mantuvieron la sobriedad, cada uno dentro de su estilo, siempre variable –Tennant solía llevar chaqueta y abrigos largos, el Doctor de Smith se recuerda por lucir pajarita...- hasta la llegada de "la Doctora" cuyo vestuario recuerda más los excesos de los Doctores antiguos.

Pero volviendo a Eccleston, el caso es que su Doctor –y la serie- funcionó y el relanzamiento tuvo el suficiente éxito para que siguiese adelante.

Por lo visto el actor dejó la serie por desavenencias con los productores, de ahí que sólo esté presente en una temporada. Visto en perspectiva, sobre todo ahora que además de Tennant y Smith hemos conocido otro par de Doctores más (**Capaldi** y **Whittaker**), y el que acaba de debutar (**Gatwa**) la verdad es que la etapa de Eccleston, dentro del conjunto, se revaloriza.

En general, podemos decir que Eccleston hace un Doctor bastante hermético del que llegamos a conocer muy poco; buena parte de lo ocurrido en el tiempo transcurrido entre la serie antigua y la nueva será revelado cuando ya él no esté, pero explicaría en retrospectiva cierta seriedad de la que a veces hace gala su Doctor.

ROSE Y EL DOCTOR; OTRO DOCTOR

*Abajo, **Noveno Doctor** con **Rose Tyler**, la primera pareja de la serie moderna.*

*¿Sabéis donde habéis visto luego a Eccleston? Bueno, pues entre otras, en la serie **The Leftovers**, donde hacía el papel de sacerdote que cuidaba a su mujer en coma.*

*También aparecía, irreconocible, como elfo oscuro en una de las entregas de **Thor** (¡qué manía tienen los americanos con maquillar de azul a los actores ingleses!)*

Abajo: pues sí, es él.

Por otro lado, tampoco es que el primer episodio aclare demasiado sobre todo el complejo universo del Doctor para el que no sepa nada de él. Titulado simplemente "**Rose**", se nos presenta a ésta, una chica que trabaja como dependienta de unos grandes almacenes que es atacada por unos maniquíes que resultan ser "autones" controlados por un alienígena conocido como "**la conciencia Nestene**", un ser que puede dotar de vida a todo lo que esté hecho de plástico (la escena del Doctor combatiendo el brazo de un maniquí es hilarante, una de esas cosas ridículas pero ingeniosas que te hacen amar la serie).

En un momento dado, Rose y el Doctor se separan, y ella, tratando de averiguar más cosas sobre él contacta con lo que parece ser uno de esos flipados que investigan temas paranormales. El tipo ha rastreado la presencia de "un individuo" –el Doctor-, siempre el mismo, siempre aparentando la misma edad, en diferentes momentos de la historia, lo que sería imposible. Pero aparte de esto, muy pocas explicaciones más se dan sobre el personaje, la Tardis, o cualquier otra de sus peculiaridades. El espectador interesado tendrá que ver más episodios... o investigar por su cuenta.

*Así comenzó todo: el Doctor encuentra a Rose a punto de ser eliminada por los "**autones**", sí, los maniquíes que se ven detrás en la foto (cuando se mueven parecen más amenazadores, creedme) y le espeta su célebre frase: ¡Corre!*

A continuación: el Doctor ha estado apareciendo en momentos clave de la historia humana, como el asesinato de Kennedy o justo antes de que el Titanic zarpara. Y eso desde que tales eventos se pueden documentar... Vete tú a saber antes.

Precisamente éste es otro de los puntos fuertes de la serie, llevado al límite en las temporadas de Smith/Moffat: no sobreexplicar las cosas y dejar que sea el propio espectador quien ate cabos y saque conclusiones (algo que recuerda inevitablemente a lo que hacía, por ejemplo, **Chris Carter** en **Expediente-X**, realizador del que Moffat parece haber tomado lecciones, aunque también se le compara a veces con otra célebre serie de televisión, **Lost** –"Perdidos"-, más que nada por lo enrevesado de sus historias y la sospecha de que a veces ni los mismos responsables saben cómo solucionarlas). Claro que la manera de Moffat de afrontar la serie no está libre de contradicciones, pero eso es algo casi inherente cuando el tema principal son los viajes en el tiempo (o la fantasía en general, ya puestos) con continuas idas y venidas adelante y atrás en la corriente temporal que invitan a jugar con la trama.

Uno de los primeros lugares –y/o momentos, deberíamos decir-a los que el Doctor lleva a Rose es al fin del planeta Tierra, un evento que ha atraído a adinerados personajes de todas las razas y rincones del universo que no se lo quieren perder por nada del mundo. Entre ellos hay algunos personajes que aparecían (aparecerán) en el episodio "New Earth" en la siguiente temporada, como Casandra, con la que nos encontramos aquí por primera vez y que es, como en el otro episodio, la villana tras el complot. Casandra parece morir al final de esta primera aparición, aunque ya sabemos que en realidad no ha sido así.

***

Este método de investigación de la serie por parte del novato, siguiendo a personajes concretos, ya sean villanos o amigos del Doctor, es tan válido como cualquier otro, y un episodio en el que aparece un personaje, ya sea en el pasado o en el futuro, a menudo arroja nueva luz sobre lo que ya sabíamos sobre él.

La primera temporada de Doctor Who está llena de episodios memorables, por cierto, que invitaría a investigar, no solo ya porque merezcan la pena en sí mismos sino porque siembran el terreno para mucho de lo que pasará luego, sobre todo en la etapa de Russell T. Davis, responsable de las primeras 4 temporadas.

Así, en el episodio llamado simplemente "**Dalek**" se reintroduce la raza archienemiga del Doctor que se supone que fueron destruidos en la llamada **Guerra del Tiempo** –un acontecimiento que no se ve en pantalla pero que se cita a lo largo y ancho de la serie, siempre de forma críptica- junto con la propia raza del Doctor (de ahí que éste sufra cierta melancolía que compartirá con Rose, su nueva amiga).

Los Daleks volverán a aparecer una y otra vez, jugando un papel fundamental en el final de casi todas las temporadas orquestadas por Davis. Más información sobre ellos en la página siguiente.

INCISO: LOS DALEKS: *estos personajes siempre aparecen con la misma forma básica (ya desde la serie original de 1963) que alguien ha comparado con un bote de pimienta gigante, aunque el color y material de su carcasa ha ido variando a lo largo de los años. Un ejemplo abajo a la izquierda.*

Dentro de la estructura metálica se encuentra una criatura viscosa, como una especie de pulpo, viva, por lo que pueden ser considerados más apropiadamente ciborgs que robots. La imagen inferior pertenece al especial **"Los Cinco Doctores"**, *que celebraba el 20 aniversario de la serie en1983.*

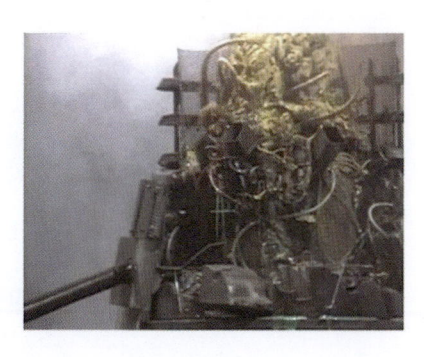

En "**El día del Padre**" Rose ve la muerte de su progenitor –un personaje que tendrá luego nuevas apariciones, o por lo menos, una versión del mismo de un universo alternativo-, un suceso que ella, lógicamente, tratará de evitar, aunque al final sin éxito.

Una de mis historias favoritas de esta primera temporada es la que se desarrolla en los dos episodios **The Empty Child/ The Doctor Dances** ("El niño vacío"/"El Doctor baila"), donde se presenta al **Capitán Jack Harkness**, un pillo seductor y pansexual (se enrollaría con cualquiera, vaya, hombre o mujer, humano o alien) que se convertirá en acompañante del Doctor y de Rose en el tramo final de la primera temporada, para ser luego uno de los protagonistas principales de **Torchwood**, una serie derivada de Doctor Who, aunque volverá a la serie madre en aventuras puntuales como personaje invitado (la última en la duodécima temporada con el Doctor -¡Doctora!- de Whittaker).

*A continuación: el **Capitán Jack** (primera imagen), y Jack y Rose (segunda) cuando se conocen en el Londres bombardeado de la Segunda Guerra Mundial, aunque él viene del futuro.*

*Abajo, Jack con su equipo en la serie **Torchwood**.*

***La historia de Jack** es una línea de "visionado" que bien merece la pena seguir. Para saber más sobre el personaje y su historia, ve a la **página 95**.*

40

Nota*: la nueva serie de Doctor Who generó varios spin-offs con los que se cruza la serie original de vez en cuando. Está la citada **Torchwood** (4 temporadas entre 2006 y 2011), centrada en la institución del mismo nombre que fundara la reina Victoria tras su encuentro con el Doctor (¡!) para controlar todo lo relacionado con la actividad extraterrestre en la Tierra, y que aparece ya en tiempos modernos al final de la segunda temporada, creando algún problemilla (nada menos que la invasión del planeta por parte de los cybermen y los daleks). Tras este desastre la organización es refundada con Harkness al frente.*

*Y luego tenemos la serie **Las Aventuras de Sarah Jane**, protagonizada por una antigua companion del Tercer y Cuarto Doctor – la Sarah Jane del título- en la etapa antigua de la serie, siendo uno de los personajes que aparece tanto en la serie clásica como en el relanzamiento. El personaje de **Sarah Jane Smith** fue rescatado en el tercer episodio de la segunda temporada ("**School reunion**" –Reunion escolar-, en las que se recupera también a **K-9**, una especie de perro robot de la etapa antigua que también obtuvo serie propia). "**The Sarah Jane Adventures**" tuvo 4 temporadas y media entre 2006 y 2011; la protagonista murió ese último año, por lo que nunca llegó a rodarse la segunda mitad de la temporada 5, mientras que la serie de **K-9** sólo tuvo una temporada entre 2009 y 2010.*

*A continuación, **Sarah Jane** con **K-9** en la etapa moderna. Ver más sobre el personaje en la **página 67**.*

*Más información sobre **Sarah Jane** y otros companions de la primera etapa (y los Doctores clásicos) en la **página 133**.*

***

Por supuesto, otro hilo que se puede seguir es el de la historia de **Rose**, quien, como ya se ha dicho, acaba desarrollando un vínculo emocional muy fuerte con el Décimo Doctor –y él con ella- que acaba con un triste final en la segunda temporada (se ven obligados a permanecer separados, cada uno en un universo paralelo –el del "padre" de ella, sin que el Doctor llegue a decirle que la quiere). La historia se retomará/continuará en la cuarta temporada, llegando a una resolución satisfactoria para todos, personajes y fans: Rose acaba emparejada con el Doctor y a la vez el Doctor sigue viajando en el tiempo libre de toda atadura, como siempre y con nuevas compañías aguardándole en el futuro. ¿Que cómo es esto posible? Para saberlo tendrías que tomar –de nuevo- el desvío al capítulo 5.

*Desvío a la historia de **Rose**. (Ve a la **página 89**).*

***

CAPÍTULO 3
Nivel Experto

En nuestra búsqueda de una visión general de la serie a través de historias puntuales nuestra siguiente parada es el episodio que celebra el 50 aniversario de la serie, el especial **The Day of The Doctor** ("El día del Doctor") donde se encuentran dos de los Doctores que ya conocemos (Tennant y Smith, es decir el Décimo y el Undécimo) más un tercero del que no teníamos noticias hasta el momento y que no está incluido en la lista "oficial" en la que se basa la numeración y denominación de cada Doctor. Se trata del "Doctor de la Guerra" (**War Doctor**), interpretado por **John Hurt** (en el centro en la foto inferior).

*A la izquierda, una reunión antológica: **John Hurt** como **The War Doctor**, flanqueado por **Tennant** y **Smith**. En un tercer plano **Clara**, la acompañante del Doctor en ese momento y... ¿**Rose**?*

01. THE DAY OF THE DOCTOR
(50 años de Doctores)

La historia de este episodio memorable, situado tras el final de la séptima temporada, es, de hecho, la de este Doctor "fuera de numeración", el Doctor de la Guerra, y de cómo tuvo que tomar la decisión más difícil de su vida cuando, para terminar con la **Guerra del Tiempo** y eliminar definitivamente a los **Daleks** tuvo que destruir también a su propio planeta, **Gallifrey**, y a toda su raza, los **Señores del Tiempo**.

La historia también explica qué estuvo haciendo el Doctor desde que se canceló la serie original hasta su relanzamiento, y el porqué de la sobriedad o seriedad del **Noveno Doctor**, el de **Eccleston**, a veces (cronológicamente éste Doctor se sitúa entre el Octavo y el Noveno) y todas las alusiones crípticas que respecto a su gente y a la Guerra del Tiempo ha ido haciendo el Doctor desde su reaparición. Recordemos que, por ejemplo, el Doctor se refería a sí mismo como "el último de los Señores del Tiempo".

La historia del especial se sitúa justo en el momento en que el Doctor de la Guerra tiene que decidir qué hacer tras robar un arma que le permitiría destruir las razas en conflicto. Mientras reflexiona, descubre que dicha arma tiene una "conciencia", que se le presenta en la forma de **Rose Tyler** (o "Lobo Malo" -**Bad Wolf** en el original-, una encarnación de Rose vista al final de la primera temporada –ver la historia de Rose, una vez más-. Aquí, ni ella parece estar muy segura de quién es; en cualquier caso una imagen o encarnación que el arma robada por el Doctor ha extraído de los recuerdos de éste, algo paradójico si tenemos en cuanta de que el Doctor y Rose aún no se han encontrado, pero parece que la "conciencia" transciende el concepto de tiempo lineal –en fin, una de esas "cientificadas" de la serie a la que no le vamos a tratar de dar más explicaciones).

*Pero ¿quién es el **Lobo Malo**? Para saberlo, te recomendamos ir a la historia de **Rose** (**página 89**), si aún no lo has hecho.*

El Lobo Malo reúne al Doctor, o mejor dicho, le sugiere reunirse, con "los hombres que será", es decir los futuros Doctores (Tennant y Smith, quedando Eccleston al margen de la historia principal, supongo que por decisión del actor a raíz de los problemas que tuvo con la productora).

A la derecha, Tennant y Smith entre bastidores. Un encuentro de titanes que da momentos muy divertidos en el especial (al menos hasta que la cosa se pone seria). Es una pena que Eccleston quedase al margen, aunque se estuvo hablando de su participación durante algún tiempo.

En vez de ayudarle a resolver su dilema –recordemos, destruir a su propia raza o salvarla a cambio de condenar a todo el universo- las mentes reunidas de los Doctores idean una solución alternativa, a saber, congelar al planeta **Gallifrey** en un instante del tiempo, en el vacío, dijéramos, haciéndolo desaparecer de la realidad. Como resultado, los daleks se destruyen a sí mismos bajo el fuego cruzado al que tenían sometido al planeta. En teoría eso acabó para siempre con uno de los mayores archienemigos del Doctor, pero puesto que los hemos visto volver una y otra vez (comentando que son supervivientes de la Guerra del Tiempo al principio, por cierto) hemos de suponer que el plan no funcionó al cien por cien como los Doctores esperaban.

Pero bueno, como conclusión del episodio especial es más que suficiente. Además, eso permite mostrar una vibrante escena final en la que son convocadas todas las encarnaciones del Doctor habidas y por haber –hay incluso un breve instante en que se ve al futuro próximo Doctor, el **Duodécimo**, que no es otro que el actor **Peter Capaldi**, quien asumirá el papel en la temporada 8; recordemos que este especial se sitúa entre la séptima y la octava temporada- cada uno en su Tardis correspondiente. Gracias a todas ellas consiguen generar suficiente energía como para trasportar al planeta a ese vacío temporal del que hablábamos.

INCISO/ADELANTO: EL DUODÉCIMO DOCTOR

A continuación, en la fila superior, el Doctor de Capaldi, el más maduro de los Doctores desde su regreso en 2005, aunque en otro de los especiales que veremos en este capítulo, **The Time of the Doctor** –"El tiempo del Doctor"- Matt Smith aparece muy envejecido y, de hecho, recuerda poderosamente al **Primer Doctor**, el actor **William Hartnell** (comparar ambos en las fotografías de la fila inferior).

Hay que decir que los Doctores clásicos solían ser hombres mayores, en la cuarentena o cincuentena. Es en el "reboot" cuando comenzaron a ser más jóvenes. En ese sentido Capaldi es una "vuelta a los orígenes", por más que les chocara a los nuevos seguidores.

Para conocer la trayectoria del **Doctor de Capaldi**, ir a la **página 65**.

Volviendo al final de "El día del Doctor", el propio Doctor de la Guerra no es capaz de recordar muy bien lo que ha hecho, de ahí que sus siguientes encarnaciones pensaran, cuando recordaban su pasado, que habían destruido Gallifrey.

Ni siquiera ahora pueden estar seguros de si salvaron o condenaron a su raza, pero por lo menos tienen esa duda. Para el espectador parece claro que consiguieron su objetivo, por lo que se deduce del cuadro tridimensional alojado en la National Gallery donde parece haberse escondido el planeta y cuyo título no es, como algunos dicen, ni "Nunca más" ni "Gallifrey cae", sino los dos juntos, es decir, algo así como "Gallifrey cae nunca más" (en inglés tiene más sentido, créeme).

Esto se lo explica el conservador del museo, que resulta ser **Tom Baker**, el actor que hizo de **Cuarto Doctor**, el más popular de los "antiguos" Doctores a Matt Smith cuando se quedan solos. En realidad, el conservador dice que, en el futuro, el Doctor podría "revisitar" algunas caras conocidas –"pero sólo las favoritas entre las antiguas"-. ¿Se refiere a volver a reencarnarse como Tom Baker? De ser así se apunta un posible final para la carrera del Doctor... retirado como conservador del museo, protegiendo el cuadro, posibilidad que el mismo Doctor actual sugiere: "podría retirarme y ser conservador de este museo, sería un buen conservador".

Abajo, Doctores presentes y pasados ante el cuadro que "contiene" a ***Gallifrey***.

*Y aquí tenemos a **Tom Baker** en todo su esplendor. Pues sí, se trata del Doctor del que se disfrazaba Sheldon en The Big Bang Theory al principio del libro. Para saber algo más sobre él... ¡sigue la Tardis!*

*Desvío al **Cuarto Doctor**. (Ve a la **página 141**)*

02. THE TIME OF THE DOCTOR
(Adiós, Doctor, adiós)

En el especial 50 aniversario, cuando los Doctores se separan, vemos que el **Doctor de la Guerra,** en su Tardis, empieza su regeneración en lo que será el **Noveno Doctor**, es decir, su cambio al **Doctor de Eccleston**. Con esta trasformación volvemos al inicio de la serie actual, cerrando en cierto modo el círculo.

*Volver al inicio de la serie moderna (**El Noveno Doctor**) en la **página 34** para recordar el principio del relanzamiento de la serie.*

Por otro lado, gracias a diferentes referencias que se dan en el episodio del aniversario, ya sabemos que el tiempo del Undécimo Doctor está tocando a su fin. El Doctor se encamina hacia ¿su muerte?, que veremos en el próximo especial, el de Navidad de 2013 llamado **The Time of the Doctor** ("El tiempo del Doctor"), que en cierta forma, junto con **The Day of the Doctor** ("El día del Doctor") y un especial anterior llamado **The Name of the Doctor** ("El nombre del Doctor") forman la trilogía de despedida Matt Smith de la serie, y uno de sus puntos culminantes, sin duda.

En "**El tiempo del Doctor**", el Doctor de Matt Smith queda atrapado en el planeta **Trenzalore**, en el que ya había estado antes, visitando su propia tumba –precisamente en el citado especial **El nombre del Doctor**-, por lo que los aficionados más avispados saben –o intuyen, más bien- que allí encontrará su destino final.

En esta ocasión el Doctor llega a un pueblecito de dicho planeta que recibe el curioso nombre de **Navidad**. Allí, a través de una grieta espacio-temporal, los Señores del Tiempo, que como hemos visto en el especial anterior habían sido congelados en un momento de la realidad en un espacio paralelo (o algo así), están retransmitiendo una señal a todo el universo, preguntando: "Doctor who? Doctor who?" es decir, el nombre del Doctor.

Por lo visto esto es solamente una clave para saber si es seguro volver a nuestro propio espacio-tiempo, pero resulta que Trenzalore está rodeado por toda clase de enemigos que también han recibido el mensaje, por lo que si el Doctor revela su verdadero nombre –pocas personas lo conocen, entre ellas, por ejemplo, **River Song**, que después de todo es su esposa- volvería a iniciarse la Guerra del Tiempo. Para proteger Navidad de las incursiones de sus enemigos el Doctor decide permanecer en el pueblo.

Los años van pasando y el Doctor envejeciendo, separado de **Clara Oswald** (su acompañante en ese momento, vista regularmente a partir de la mitad de la séptima temporada) y algo más que "una amiga". Es evidente la atracción entre ambos, especialmente la de ella hacia él, aunque no llegan a desarrollar una relación romántica como en su día lo hicieran Rose y el Doctor.

*Si quieres conocer más sobre la **historia de Clara**, toma el desvío a la **página 118**.*

Lo de que las acompañantes se sientan atraídas por el Doctor es bastante típico en esta etapa de "relanzamiento" de la serie. Le ocurre, además de a Rose con Tennant, a Martha, su siguiente acompañante (en la temporada 3, si te interesa... ¡sigue la cabina azul hasta la **página 91**!) y hasta a Amy con Smith, aunque tenga novio –bueno, Rose también lo tenía, o algo así: **Mickey**; ver más sobre él en la historia de Rose en la **página 79**-. En el caso de Amy, acaba casándose con él (con su novio, Rory, no con el Doctor) y, curiosamente, Martha termina con... ¡Mickey! ¡¿Esto es una serie de ciencia-ficción o una telenovela?!

*A la derecha, **Clara Oswald** (interpretada por **Jenna Coleman**, la última pareja del Undécimo Doctor, con toda una historia muy "a lo Moffatt" detrás.*

Volviendo a la historia del especial, todo parece estar perdido para el Doctor, no sólo porque sus enemigos, que llevan décadas acosando el planeta que ha jurado defender, parecen estar a punto de vencer, sino porque nos enteramos, a través de un Doctor casi moribundo que ésta es la última de sus encarnaciones. No puede volver a regenerarse, ya que los señores del tiempo solo cuentan con trece vidas y ésta sería su decimotercera (contando con el Doctor de la Guerra, no numerado en la lista oficial, y una regeneración adicional que usó el Décimo Doctor para salvarse "in extremis" en el episodio "**Journey's End**" al final de la cuarta temporada). Esta vez, cuando muera, será para siempre.

Sin embargo, a última hora, y gracias a los ruegos de **Clara**, los Señores del Tiempo, a través de la grieta, le conceden un nuevo ciclo de regeneraciones, así de fácil. Como efecto colateral, durante un breve momento el Doctor posee una energía descomunal que utiliza para derrotar a todos los enemigos que acosan al planeta. Acto seguido se regenera en el **Duodécimo Doctor** (se ha continuado con la numeración canónica, aunque si tenemos en cuenta al Doctor de la Guerra y al Doctor extra de Tennant éste debería de ser el Décimo cuarto Doctor o, más apropiadamente, el Primero de un nuevo ciclo).

*Ir al **Duodécimo Doctor**, el **Doctor de Capaldi** (página 65).*

Todo esto del ciclo de 13 regeneraciones, etc... pierde completamente sentido con las revelaciones que el showrunner que sustituyó a Moffatt, **Chris Chibnall**, y su equipo, nos hacen en la temporada 12, ya con **Jodie Whittaker** como Doctora (el dúo Chibnall/Whittaker debuta en la temporada anterior, la 11). Revelaciones que vamos a comentar aquí mismo...

03. UN NUEVO ORIGEN PARA EL DOCTOR
(O "todo lo que crees saber es falso")

La historia de Gallifrey y de los Señores del Tiempo está lejos de acabar tras lo contado en los especiales de Moffat/Smith. Nada lo hace en realidad en una serie siempre en marcha, y así, el viejo enemigo del Doctor, el **Amo**, revela que ha destruido Gallifrey al enterarse de que los Señores del Tiempo les han engañado desde siempre –a él, al Doctor y a toda su raza- respecto a quienes son en realidad.

La relación del propio Doctor con su gente –o con sus dirigentes, más bien, podríamos decir- no es que haya sido muy cordial a lo largo de la historia, de todas formas, pero ahora, en el episodio final de la temporada 12, el Amo revela que ni siquiera es uno de ellos.

En efecto, por lo visto una exploradora "gallifreyana" llamada **Tecteun** encontró al Doctor cuando no era más que un bebé, al lado de un portal hacia otra dimensión, de la que hemos de suponer que procede el Doctor –el personaje no sería ya sólo alienígena sino también extradimensional-. Esta exploradora lo adoptó, y más adelante vio asombrada como el niño se generaba, tras caer accidentalmente por un acantilado hacia lo que parecía una muerte segura –la primera regeneración jamás vista en este universo-. Obsesionada con este prodigio, **Tecteun** se dedica a desentrañar los misterios de la regeneración hasta que consigue introducirla en su propio ADN y en el de sus congéneres, que entonces todavía no se llamaban Señores del Tiempo sino **Shenogans** (fue más adelante cuando descubrieron los misterios del viaje temporal).

Debajo ***Tecteun*** *(en esta primera aparición, interpretada por* ***Seylan Baxter****) ante la brecha interdimensional y con el bebé que encuentra en ella (abajo, el* ***Primer Doctor*** *según la nueva versión, aunque es de suponer que aún no lo llamaban así).*

En fin, este nuevo origen implica que el Doctor es mucho más viejo de lo que se nos ha dicho hasta ahora. En la época de Moffat/Smith se comentó alguna vez que tenía 900 o mil años. Ahora hemos de suponer que su origen se remonta a miles de años y que ha vivido incontables regeneraciones de las que no teníamos ni idea. Él tampoco las recuerda ya que un grupo interno de los Señores del Tiempo, llamado "**La División**" se ha encargado de que las olvide. Más sobre el tema –y **Tecteun**- en el apartado "**El flujo**" del capítulo 03, en la **página 81**.

Eso también implica que el primer Doctor que conocimos, el que huyó con la Tardis de Gallifrey –interpretado por el actor **William Hartnell**- no es ni de lejos el primer Doctor. La "Doctora" afroamericana –la actriz **Jo Martin**-que se presenta en el episodio quinto de la temporada 12, llamado "**Fugitiva de los Juddons**", sería uno de estos Doctores pre-Hartnell. La puedes ver en la **página 78**.

Como algunos fans han señalado, esta teoría tiene más agujeros que un queso gruyere, aunque tratándose de una obra de ciencia-ficción cualquier cosa es posible. Además, **Chibnall** ha tratado de cubrirse las espaldas diciendo que se basa en los hechos narrados en uno de los antiguos seriales del **Cuarto Doctor** (**The Brain of Morbius**), aunque esta coartada está bastante cogida con alfileres. Muchos aficionados a la serie se han apresurado a decir que van a considerar toda esta historia como si de un sueño o algo irreal se tratase, fuera del canon oficial del Doctor, pero suena más a rabieta momentánea. Es lógico que de primeras no te haga gracia que te digan que todo lo que conocías hasta ahora de tu personaje favorito es mentira, pero por otro lado lo cierto es que la serie siempre ha ido construyendo su mitología de una forma algo improvisada (la misma "regeneración" fue un recurso que se les ocurrió a los responsables cuando se quedaron sin protagonista principal, y la historia de los Señores del Tiempo ha sufrido numerosos giros de tuerca a lo largo de todos estos años.

Lo cierto es que el nuevo origen abre posibilidades atractivas (¿conoceremos a más antiguos Doctores?), aunque está por ver si se va a utilizar. Al final de la décimo tercera temporada la Doctora opta por guardar el artilugio donde se almacena toda su memoria pasada en el rincón más recóndito de la Tardis.

*Retorno a **Doctor Who básico** (**página 9**) si has llegado aquí desde ese capítulo.*

04. LOS ESPECIALES DE TENNANT

Pero volvamos hacia atrás. Ya que hemos hablado antes de los episodios especiales protagonizados por el Doctor de Matt Smith, conviene citar también los protagonizados por Tennant, que son además bastante recomendables y aportan información valiosa a la mitología del Doctor. Pero sobre todo son buenas historias autoconclusivas que se pueden ver sin conocer demasiado el "universo Doctor Who".

Está, para empezar, el especial Navidad **The Christmas Invasion**, del que ya hemos hablado en la presentación del Décimo Doctor. Además, hay otros especiales emitidos, como suele ser habitual, durante las fiestas navideñas, entre temporadas. Hubo nada menos que 4 especiales al final de la cuarta temporada, especiales que marcaron el fin de la era **Tennat/Davies** y son, individualmente, prácticamente como cualquier película de ciencia ficción/ acción que se pueda ver en el cine (por cierto, algunos episodios especiales de Doctor Who se estrenan en salas de cine en varios países).

Por destacar alguno de estos especiales y siguiendo la línea "Doctor encuentra Doctor" del episodio de 50 aniversario yo apuntaría al especial titulado "**El siguiente Doctor**", que además cuenta con **David Morrissey**, el temible **Gobernador** de **Walking Dead**, en el papel de un bonachón posible Doctor que el "nuestro" –Tennant- encuentra en el Londres victoriano. Merece la pena aunque sólo sea por ver al actor interpretando un papel tan diametralmente opuesto al que hizo en la serie de los zombies.

Este falso Doctor tiene todos los ingredientes del auténtico, incluida una companion, **Rosita** (la actriz **Velile Tshabalala**, en la imagen de la izquierda junto a Morrisey), y hasta... ¡un destornillador!, pero uno de verdad. También tiene una "Tardis" que es en realidad un globo aerostático. Evidentemente el título del especial, algo engañoso, es un guiño a los fans, ya que por aquel entonces la gente se estaba preguntando quién iba a sustituir a Tennant como Doctor.

*A la derecha, el **Doctor** con su destornillador (¡buen golpe!)*

Al final, el "Siguiente Doctor" resulta ser un humano imbuido con la información sobre el Doctor, lo que le llevó a pensar en sí mismo como tal. En el especial hay además un cyberman gigante estilo steampunk arrasando la ciudad, ¿quién se puede resistir a eso?

DONNA NOBLE

Mucho antes de eso está, desde luego, **La Novia Fugitiva**, el especial Navidad de 2006 (entre la segunda y tercera temporada), donde se presenta por primera vez el personaje de **Donna Noble**, una pelirroja de clase media francamente vulgar y con muy mal genio, claro que cuando el Doctor la conoce acaba de ser teletrasportada a la Tardis desde el altar, ya que estaba a punto de casarse, así que en este caso en concreto puede que su estallido de cólera esté justificado.

Al final del episodio, muy divertido, por cierto, el Doctor le pide a Donna que lo acompañe (se ve que no puede estar ni un segundo a solas, y eso que acaba de perder a Rose) pero ella rechaza la invitación, ya que no cree que pudiera llevar un tipo de vida tan ajetreada como la que supone ser "companion" del Doctor.

Donna Noble, *personaje interpretado por la cómica* **Catherine Tate**.

Donna volverá en la cuarta temporada para convertirse en la última compañera del Décimo Doctor, pero entre tanto, éste encuentra otra acompañante nada más empezar la tercera temporada, **Martha Jones**, que acaba enamorándose de él y que tras vivir una serie de aventuras lo deja al no poder soportar que sus sentimientos no sean correspondidos (y es que él se pasa toda la tercera temporada suspirando por la pérdida de Rose).

BREVE INCISO: MARTHA JONES

Martha también aparece en la segunda temporada de Torchwood (estaba previsto que se integrara en esta serie y que también apareciese en The Sarah Jane Adventures, pero no pudo ser por otros compromisos de **Freema Agyeman***, la actriz que la interpreta, que acabó en el serial* **Ley y Orden** *británico y también ha sido vista en Sense8, la serie para Netflix de los Watchowski, los de Matrix).*

La actriz había aparecido en Doctor Who en la segunda temporada, haciendo otro papel, pero les gustó a los realizadores, así que decidieron rescatarla para ser la nueva companion del Doctor. La excusa que pusieron a su aparición anterior es que el personaje que moría en aquel episodio era su prima, de ahí el parecido.

Volviendo a Martha, el personaje reaparece en Doctor Who en varias ocasiones. De hecho, es habitual también en algunos episodios de la cuarta temporada, donde ella y el Doctor quedan como amigos.

En una última aparición en la serie vemos que acaba luchando contra las amenazas extraterrestres por su cuenta al lado de nada menos que **Mickey Smith**, el ex novio de Rose, con el que está casada.

Abajo, la actriz **Freema Agyeman**, que dio vida a **Martha Jones**

*Desvío a la **historia de Martha**.
(Ir a la **página 99**).*

Tras este breve paréntesis sobre Martha, retomemos a **Donna Noble**: El personaje estaba pensado únicamente para el especial comentado, el de la boda, pero se recurrió de nuevo a ella tras el "abandono" de

Martha, para, como decíamos, convertirla en la acompañante del Doctor en la cuarta temporada, sin líos amorosos de por medio esta vez. Donna y el Doctor son lo que se dice colegas. Es un cambio de aires bienvenido; su frescura acabó por convertirla en la "companion" favorita del Décimo Doctor para mucha gente (recomiendo ver a la actriz en su show cómico **The Catherine Tate Show**, donde interpreta diferentes papeles. Hay un sketch en especial, en el que aparece David Tennant, de obligado visionado para todos los fans del Doctor.

El personaje de Donna tiene un papel fundamental en la resolución de la última saga de la cuarta temporada (episodio doble **La Tierra robada/El fin del viaje**) pero su final como "companion" también es un poco triste, ya que el Doctor tiene que borrarle la memoria (su cerebro estaba a punto de arder por todos los conocimientos que había adquirido para poder salvar a la Tierra) y no podrá recordar nunca todo lo que ha vivido al lado del Doctor ni las maravillas del universo que ha visto, lo que le parte el corazón al abuelo Noble, un personaje entrañable también habitual en este periodo de la serie.

Nota: la situación de Donna se soluciona mucho tiempo después, en los especiales de 2023, después de la temporada 13 de la serie, en los que **Russell T. Davies** vuelve a hacerse cargo de la misma y **David Tennant** retoma sorpresivamente el papel de Doctor.

Donna volverá por fin a ser ella misma, con todos sus recuerdos intactos, y el Doctor de Tennant acaba retirado -por el momento-, tomando el té con la familia Noble (ahora ampliada con un marido para Donna –pues sí, acabó casándose- y una hija trans ya bastante crecida), con la Tardis aparcada en el jardín.

*Si te preguntas cómo es compatible esto con la existencia de un nuevo Doctor, el **Décimo quinto** de **Ncuti Gatwa**, ve a la **página 63**.*

LA FAMILIA NOBLE

*A la derecha, en la parte superior, **Wilfred Mott**, el abuelo de Donna, interpretado por **Bernard Cribbins**. Detrás, su hija, **Sylvia Noble** (**Jacqueline King**), la madre de Donna. Hay que decir que las madres de las acompañantes del Doctor, fieles al tópico de la "suegra" –aunque no sea éste el caso- no se suelen llevar nada bien con el díscolo Señor del Tiempo (ver la madre de Rose, que siempre está regañando a David Tennant).*

*En **La novia Fugitiva** aparece también el padre de Donna, pero no lo volvemos a ver luego en la cuarta temporada, por lo que se supone que ha muerto.*

*En la foto inferior, el marido y la hija de Donna (**Rose Temple**, interpretada por **Yasmin Finney**). Esta última se presenta en el primer especial de 2023, en el que estaba previsto que apareciera de nuevo el abuelo también, pero por desgracia el actor falleció en el verano de 2022, quedando la cosa finalmente en un breve cameo/homenaje. El marido (**Shaun Temple**, interpretado por **Karl Collins**) ya había aparecido en el especial de 2009, **El fin del Tiempo**, que supone la despedida de Tennant en el papel, pero como hemos visto luego sólo temporalmente.*

En **El fin del Tiempo** vemos, casi de fondo, a la Donna vulgar y ordinaria que era antes de todo lo vivido a bordo de la Tardis. Hay un par de momentos en los que está a punto de recordar su pasado, con el consecuente peligro para su vida, pero el verdadero coprotagonista de la historia, el "companion", aunque sea eventualmente, es el abuelo, que ayuda al Doctor a enfrentarse a otro de sus archienemigos clásicos, el **Amo** –o **The Master**, en el original- y la amenaza del retorno de los **Señores del Tiempo**, la raza a la que pertenecen tanto el Doctor como el Amo. Esta posibilidad no le hace ninguna gracia al

Doctor, que da a entender que durante la Guerra del Tiempo su pueblo se volvió bastante peligroso y él mismo tuvo que congelarlos en una burbuja temporal. Esta versión no acaba de cuadrar con lo que veremos luego en la época del Doctor de Smith/Moffat, pero quién espera que todo cuadre a la perfección si a cambio nos dan buenas historias.

Hay que decir, de todas formas, que, como hemos apuntado en otra parte, la relación del Doctor con los suyos ha sido bastante problemática a lo largo del tiempo. El Primer Doctor, por ejemplo, huyó de Gallifrey robando la Tardis, en algún lío andaría metido. Luego, más adelante, los dirigentes de su planeta lo condenaron a permanecer confinado en la Tierra –en la época del Tercer Doctor, aunque parece que los motivos que llevaron a los productores de tomar tal decisión fueron puramente crematísticos; simplemente no había presupuesto para decorados extras o efectos especiales-. Otras veces, sin embargo, el Doctor ha colaborado con los Señores del Tiempo.

OTROS SEÑORES DEL TIEMPO ILUSTRES

Al lado más a la izquierda, el **Amo** de la época Tennant, interpretado por **John Simm**. Justo antes de su aparición se había "vuelto humano" y olvidado quién era (con el aspecto de **Derek Jacobi**, sí, el de **Yo Claudio,** en el centro de la imagen).

Más adelante volverá a aparecer como **Missy** –diminutivo de **Mistress** –Ama; en la imagen superior a la derecha- ya en la época de **Capaldi** como Duodécimo Doctor. En cierto modo su transformación en mujer es un aperitivo del cambio de sexo del propio Doctor. El personaje, *interpretado por* **Michelle Gómez** *es una de las mejores aportaciones de la etapa de Capaldi a la serie.*

El que los Señores del Tiempo puedan cambiar de sexo en sus regeneraciones de forma tan natural arroja nueva luz sobre la divertida escena de **Matt Smith** *recién trasformado cuando, histérico, se toca el pelo y dice "Una chica, soy una chicaaaaa". Luego se toca la nuez y añade: "Claro que no". Entonces parecía una broma, pero ya no está tan claro.*

Volviendo al Amo, en la etapa Capaldi Missy y su anterior encarnación (es decir, John Simm y Michelle Gómez) se ven las caras en una de esas paradojas imposibles en los que cae la serie y que a **Moffat** *tanto le gustan y se asesinan el uno al otro (¡!) aunque en la duodécima temporada el personaje vuelve de nuevo, otra vez con una forma masculina.*

El ultimísimo nuevo **Amo** *aparece junto a la* **Doctora** *(para verlo ve a la* **página 77**) *y juega un papel fundamental en la revelación del* "**nuevo origen del Doctor**" *(vuelve a la* **página 51** *si quieres revisarlo).*

Para saber más sobre **Missy**, *ve a la* **página 127**.

Otro Señor del Tiempo de cierta importancia es **Rassilon,** *interpretado por* **Timothy Dalton**, *ex* **agente 007**, *como el líder nada benévolo de los Señores del Tiempo de Gallifrey en* "**El Fin del Tiempo**".

Volverá a aparecer, ya en la era Capaldi, en "**Hell Bent**" *–"Huido del infierno"- con la fisionomía de* **Donald Sumpter**, *actor con una larga trayectoria en personajes de reparto. El Doctor aprovechará para expulsarlo de Gallifrey, ya que lo culpa de las barbaries de* **La Guerra del Tiempo**.

*Aquí a la derecha podemos ver a las dos encarnaciones de **Rassilon**.*

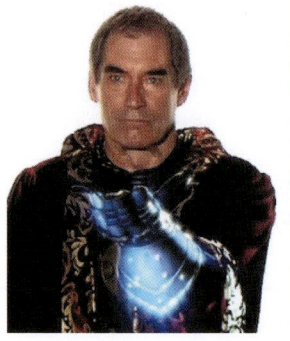

Volviendo al especial **El Fin del Tiempo**, El Doctor consigue finalmente detener tanto al Amo como a los Señores del Tiempo, pero cuando ya ha solucionado la crisis tiene que sacrificarse para salvar al abuelo de Donna. Aunque bueno, su sacrificio, siendo como es un Señor del Tiempo, no es una muerte sino simplemente un cambio de personalidad (adiós Tennant, hola Smith).

*Retorno al **Undécimo Doctor**, el de **Matt Smith** (**página 19**).*

El motivo de la regeneración, por cierto, es similar, en cierto modo, a la que motivó el cambio de Eccleston por Tennant, un sacrificio. En el primer caso para salvar a Rose, ahora, al abuelete.

Esta vez, sin embargo, parece que el Doctor no lleva el cambio tan bien. De hecho, vive como un drama su "muerte" anunciada. Antes de irse, el Décimo Doctor viaja despidiéndose de todos los que ha conocido en su periplo, y así, vemos a Donna casándose o a Martha combatiendo amenazas junto a Mickey. El recorrido del Doctor acaba visitando a la Rose Tyler de las navidades de 2005, es decir, cuando está a punto de conocer al Doctor –al Noveno, el de Eccleston- y diciéndole, sin revelar su identidad, que va a tener un gran año.

*Inmediatamente después de este encuentro es cuando empezaría la serie en su etapa moderna (volver a la **página 34** con el **Noveno Doctor**).*

De vuelta a la Tardis, ya en solitario el Doctor se prepara para regenerarse. Sus últimos palabras son "I don't wanna go" –"no me quiero ir"-. ¿Un guiño, otro, metalingüístico, del actor teniendo que abandonar la serie? En España la frase fue doblada como "no quiero morir", que es correcto pero no tiene el mismo doble significado del original.

NUNCA DIGAS NUNCA JAMÁS

Como ahora sabemos, esa no fue su despedida ni mucho menos, ya que lo tenemos de vuelta (junto a Russell T. Davies) en los especiales de 2023. Los tres episodios no dejan de ser aventuras divertidas pero más bien intrascendentes, donde lo único verdaderamente importante que ocurre es que por fin se le hace justicia a **Donna Noble**, que recupera la memoria de sus aventuras pasadas con el Doctor y que prepara el camino para la llegada del nuevo Doctor, el Décimo quinto según la poco ortodoxa numeración tradicional (el segundo Tennant sería el Décimo cuarto, esta vez sí contabilizado pese a lo breve de su segunda estancia en el papel.

*Nota: el segundo Doctor de Tennant no se regenera de la manera tradicional sino que se divide ("bi-regeneration" se llamó al proceso) en él mismo y **Ncuti Gatwa**, el actor que encarna al nuevo Doctor, de forma que Tennant sigue pululando por ahí dejando abierta la posibilidad de que vuelva de vez en cuando (recordemos, por otra parte, que hay un Tennant humano viviendo su vida con Rose Tyler en algún universo alternativo...). Abajo... un Doctor, dos Doctores...*

La hija de Donna, Rose (nacida como Jason) tiene un papel breve pero destacado en el primer especial de 2023, y puesto que Tennant acaba de invitado en el jardín de los Noble es probable que quizá volvamos a verla como companion de este Doctor.

Rose había heredado la condición de medio-Señor del Tiempo que su madre adquirió en el especial "**El fin del viaje**", que en su momento permitió salvar la situación pero obligó al Doctor a suprimir los recuerdos de Donna para que tanto conocimiento no acabaran con su frágil cerebro humano. Toda su vida Rose ha tenido recuerdos que en realidad eran del Doctor y que la han hecho sentirse "de otro planeta".

Donna puede recuperar sus recuerdos puesto que los ha compartido (junto a la energía alienígena, con su hija, y ésta, al final del especial libera todo el poder de los Señores del Tiempo contenido en ellas, salvando de nuevo la situación y pudiendo ser a partir de entonces simplemente humanas.

*Abajo **Rose Noble** a punto de salvar el planeta. Detrás, su padre y la abuela Sylvia.*

***

CAPÍTULO 4
Los últimos Doctores

01. EL NUEVO VIEJO DOCTOR

El Doctor que sustituyó a **Matt Smith** fue **Peter Capaldi**, un actor mucho más mayor que sus encarnaciones inmediatamente anteriores, para consternación de **Clara Oswald**, su acompañante del momento, que en el primer episodio de la octava temporada, donde debuta este Doctor (bueno, en propiedad lo vemos por primera vez al final del último especial de Smith, "The time of the Doctor", siguiendo la tradición de presentar al nuevo Doctor al final de la etapa del anterior) deja muy claro que ella quiere al Doctor joven y guapo que conocía, no a este carcamal.

***EL DUODÉCIMO DOCTOR**. El "nuevo" Doctor, el actor de más edad de los que han encarnado al personaje en la etapa moderna de la serie. En la imagen de al lado se ve con el pelo más corto, un estilo que luce en su primera temporada, aunque luego llevará un corte de pelo más "rockero", casi asalvajado, a lo largo de las sucesivas temporadas que protagonizará, como se ve en las fotos de la página siguiente. La primera es*

*una promoción de su etapa al completo en la serie. En la segunda lo vemos junto a un **Primer Doctor** interpretado para la ocasión por **David Bradley** en el Especial Navidad llamado "**Twice Upon a Time**" ("Érase dos veces" que supuso la despedida de Capaldi.*

El "envejecimiento" repentino del Doctor es un giro inesperado en la serie actual, sin duda, pero recordemos que los Doctores originales, los de la serie clásica, tendían a ser hombres maduros; los primeros en torno a los 50 y luego cuarentones, aunque el Quinto Doctor, interpretado por **Peter Davison**- abajo a la izquierda- tenía 29 cuando cogió el papel, siendo el Doctor más joven en su momento, mientras que en la etapa moderna Tennant era treintañero y Matt Smith fue el Doctor más joven hasta la fecha (26 años cuando empezó), arrebatándole el record a Davison. Ya para el casting del Undécimo Doctor los productores estaban buscando alguien maduro, solo que, según ha contado Moffat en alguna entrevista Smith se cruzó en el camino; el resto es historia, como se suele decir.

En cuanto a las relaciones sentimentales con sus acompañantes, en la época clásica estaban descartadas de antemano, aunque en el episodio de la segunda temporada en el que el Décimo Doctor, Tennant, se reencuentra con **Sarah Jane**, compañera del Tercer y Cuarto Doctor en la serie clásica queda implícito que hubo algo entre ellos o por lo menos que sintieron algo el uno por el otro.

> *Hablamos antes de **Sarah Jane** en la nota sobre spin-offs de Doctor Who (míralo en la **página 41**) pero siempre es un buen momento para recordarla.*

VIEJOS AMIGOS: *abajo, una talludita Sarah Jane se reencuentra con el Doctor en "**School Reunion**". Tras esta aparición fue cuando el personaje consiguió serie propia. En **The Sarah Jane Adventures**, por cierto, han aparecido como invitados el Décimo y el Undécimo Doctor. La serie tuvo 4 temporadas y parte de una quinta, interrumpida por la muerte de la actriz principal, **Elisabeth Sladen**.*

A la derecha, una Sarah Jane mucho más joven, en la época en la que acompañaba al Cuarto Doctor; aquí la relación de edades era inversa respecto a la de Tennant y ella en la serie moderna.

Volviendo al "nuevo/viejo" Doctor, en el primer episodio de la octava temporada él y Clara aparecen en la época victoriana en el estómago de una "dinosauria" que se ha tragado la Tardis. En la ciudad se encuentran con viejos conocidos: la mujer lagarto llamada **Madame Vastra**, su amante **Jenny** y su mayordomo, un "**sontaran**" (una de las especies alienígenas recurrentes en la serie, aunque éste es bueno) conocido como **Strax** –un grupito bastante divertido, por cierto, que aparece de vez en cuando en la etapa de **Moffat**- . Con su ayuda, el nuevo Doctor se enfrenta a una conspiración de androides que están robando partes de cuerpos vivos para modificarse.

Dinosaurios rugiéndole al Big Ben; la nueva etapa del Doctor no empieza nada mal.

*A la izquierda, **Madama Vastra** (la lagarta verde), **Jenny** y **Strax**, unos personajes recurrentes en la serie, amigos del Doctor y que aquí demuestran entenderlo mejor que Clara, que después de todo "sólo" es humana.*

Peter Capaldi se muestra como un Doctor tan disparatado como los anteriores –muy especialmente en el primer episodio, ya que, como es habitual, está desorientado por la regeneración-. El suyo será un Doctor dinámico y enérgico, casi más parecido a Tennant que al algo melancólico en ocasiones y muchas veces dubitativo Matt Smith, pero a la vez tiene un punto siniestro e incluso algo maquiavélico, o quizá es simplemente más serio. Para muchos aficionados es un Doctor excelente, aunque también se critica su etapa, pero más que nada por Moffat, al que se le achaca un cierto agotamiento –normal por otro lado, después de tanto tiempo al frente de la serie- pidiéndo que se cambiase ya de showrunner.

Pero centrándonos en el Doctor, si a alguien recuerda Capaldi en realidad es a los primerísimos Doctores clásicos, también por su aspecto, muy especialmente a **Jon Pertwee**, el **Tercer Doctor** (aquí a la derecha).

*Desvío al **Tercer Doctor** (página 139).*

Matt Smith, por cierto, tiene una última aparición llamando por teléfono a Clara desde el pasado inmediato, para decirle que, en efecto, **Capaldi** es él mismo, el Doctor de siempre y que por favor confíe en su nueva encarnación. Como muchos otros detalles a lo largo de la serie la llamada estaba planificada de antemano. En el episodio anterior, el Especial Navidad **The Time of the Doctor**, vimos como Clara, en **Trenzalore**, al final de la guerra, descubría el teléfono de la Tardis descolgado (es de suponer que el Doctor/Matt acababa de llamarla a ella en el futuro. La propia Clara volvía a colocar el teléfono en su sitio en aquella ocasión).

La llamada de Smith acaba de convencer a Clara para aceptar al nuevo Doctor, aunque su relación no será ni de lejos la que había entre ella y el Doctor de Smith. A lo largo de los episodios que coprotagonizan a menudo veremos a Clara muy enfadada con el nuevo Doctor. La actitud de éste tampoco es que ayude mucho, aunque claro, la locura que en Smith le parecía "encantadora" a la chica, ahora en Capaldi resulta "irritante".

Eliminado el Doctor de la ecuación romántica, los responsables de la serie pronto le encuentran a Clara un sustituto en la figura de **Danny Pink**, el profesor de mates del instituto donde ella trabaja y donde el Doctor se instala como "conserje" o algo así. Danny tendrá un papel relevante en la temporada 8, aunque su final es algo aciago.

*Ver historia de **Clara** para más detalles (**página 118**).*

*En la foto de la derecha, **Samuel Anderson** como **Danny Pink**. Su actitud sonriente en esta foto poco tiene que ver con su aparición final en la serie.*

Se ha dicho que la figura del acompañante fue introducida en el serial para que la audiencia pudiese identificarse fácilmente con un personaje "normal", a través de cuyos ojos veía todos los elementos fantásticos y más difíciles de digerir o entender de la serie. Además, como los "companions" se van renovando cada cierto tiempo, también facilitan que el espectador que llegue de nuevas a la serie entienda todo el trasfondo de la misma a la vez que el acompañante lo va descubriendo. Me pregunto si todas estas dudas de Clara y su aceptación final de Capaldi como Doctor no son un guiño metalingüístico a la audiencia, que después de todo tiene que dar el visto bueno a cada nuevo intérprete del personaje. No es nada extraño que, al principio, los nuevos Doctores sean criticados. Cuesta trabajo aceptar que el Doctor que te gustaba y cuyas aventuras has seguido durante años sea sustituido por otro, pero a la larga la opinión de la audiencia suele variar. Si te gusta Doctor Who te van a gustar todos los Doctores, unos más que otros desde luego, con sus altibajos.

ANEXO: OPINIÓN PERSONAL

Tengo que confesar que, aunque el Doctor de Moffat/Capaldi me gustó en su primera temporada, en la segunda y tercera perdí algo el interés. Encontraba las tramas algo repetitivas y con tendencia al melodrama (creo que a esto se refieren también otros fans cuando hablan del agotamiento de Moffat en la serie). Sin embargo, viendo de nuevo algunos episodios clave para actualizar este libro me ha sorprendido gratamente. Está mejor de lo que lo recordaba y creo que se impone una revisión. Y es que Doctor Who es una de esas series que se pueden ver una y otra vez. Siempre vas a descubrir nuevos detalles, establecer relaciones que se te habían pasado, etc y, en definitiva, cambiar de opinión respecto a cuando lo viste por primera vez.

Es cierto que hay episodios flojos –algo inevitable, ocurre en todas las temporadas, sobre todo teniendo en cuenta que la serie está realizada por guionistas y directores variados-, pero también hay historias bastante buenas.

Los problemas en esta parte de la serie son varios, en mi opinión: el personaje de Clara está algo agotado tras todo lo que ha vivido con el Doctor de Smith. El Doctor de Capaldi, al que al principio se le otorga el favor de la duda que se le da a todo nuevo Doctor, pronto evidencia que no va a ser un Doctor simpático, como sus encarnaciones inmediatamente precedentes. Me pregunto hasta que punto influye el factor edad en la percepción del personaje. Queramos o no vivimos en una sociedad en que la juventud es un valor per se. No estamos acostumbrados a protagonistas de edad avanzada, y si ya encima son algo engreídos, es difícil empatizar con ellos.

En la novena temporada tenemos, además de a Clara como acompañante, a **Ashildr** o "**Me**", un personaje interpretado por **Maisie Williams**, la joven actriz por aquel entonces de moda gracias a su papel de **Arya Stark** en la serie **Juego de Tronos**, (bien jugado por parte de los responsables de Doctor Who; sin duda la presencia de alguien tan popular atrajo público).

Y, ya en la décima temporada, con Clara fuera de juego, hay renovación de companions: llega **Bill Potts** –chica joven que cubre la cuota racial, al ser de color, y además la de orientación sexual, ya que es lesbiana. ¡Supera eso!-. Cuotas aparte, hay que decir que el personaje, interpretado por **Pearl Mckie**, es muy divertido y si tiene alguna pega es que Moffat no puede resistirse a darle un final trágico perfectamente innecesario.

Además, en esta temporada está también **Nardole**, un personaje bastante singular. Se trata de un alienígena que el Doctor conoció en un especial Navidad en el que se nos presenta al personaje al servicio de nada menos que **River Song**. Nardole está interpretado por **Matt Lucas** el cómico de **Little Britain** (otro fichaje estratégico). Sabremos más de ellos en el capítulo dedicado a los "companions", en concreto, de estos, a partir de la **página 123**.

*Caras nuevas en la serie; "**Me**", **Bill Potts** y **Nardole**.*

Y luego está, claro, **Missy**, auténtico personaje bombón al que su actriz, **Michelle Gómez**, saca todo el jugo y es de las mejores cosas que tiene la etapa de Capaldi como Doctor. Abajo, los dos Señores del Tiempo. Una relación definitivamente compleja, ya en los tiempos de Doctor de Tennant y el Amo de **John Simm**.

Algunos momentos interesantes de las temporadas de Capaldi son el episodio autoconclusivo "**Listen**" (el cuarto de la temporada 8) una joyita de terror psicológico, la saga de **Missy** y los **cybermen** al final de esa misma temporada, donde Danny Pink es transformado en uno de estos, el episodio tras la muerte de Clara (pues sí, este personaje también tiene un final dramático; ya advertimos antes de los excesos de Moffat) llamado "**Hell Bent**" –"Huido del infierno", el último de la novena temporada- en el que el Doctor se ve atrapado en una fortaleza durante billones de años, un auténtico tour de force protagonizado casi en exclusiva por Capaldi o la presentación de un nuevo enemigo bastante siniestro: los **Monks** o "Monjes".

*A la derecha, los **Monks**, un nuevo enemigo terrorífico para el Doctor cortesía de Steven Moffat.*

Otro momento estelar es el encuentro entre los dos "Amos" –Gómez y Simm- en los episodios finales de la temperada 10, ya la última de Capaldi, sobre todo en el inicio en el que el siempre divertido personaje de **Missy** adopta el roll de Doctor.

>Más sobre Missy en la **página 127**.

No olvidemos, por supuesto, una última aparición de River Song en el especial navideño "**Los maridos de River Song**" donde el Doctor y River se conocen –o ella lo conoce a él, sus historias son inversas en el tiempo- y finalmente pasan la anunciada "última noche juntos" en **Dalirium**, sólo que en ese planeta las noches duran 24 años.

>Más sobre River Song y su intrincada historia con el Doctor en la **página 111**.

Como se ve, pese a las críticas, el Doctor de Capaldi no carece de puntos de interés. De hecho, algunos fans lo declaran como su Doctor favorito. Yo desde luego recomendaría verlo, solo que probablemente no sea buena idea empezar la serie en este punto.

***

*Si has llegado hasta el **Doctor de Capaldi** desde el apartado **The Time of The Doctor** puedes volver desde aquí al punto de origen (**página 51**), o bien seguir adelante para conoces al nuevo Doctor (**la Doctora**), a continuación.*

02. LA... ¿DOCTORA?

PRIMERAS IMPRESIONES (NO MUY POSITIVAS)

Moffat y Capaldi dejaron la serie a la vez, dejando vía libre para que el nuevo equipo empezara de cero, algo que ya hicieron Davies/Tennant en su momento. Había muchas expectativas puestas en tener un nuevo showrunner (**Chris Chibnall**) y aún más en que el nuevo Doctor fuese una mujer, algo que era, por lo menos, diferente y atrevido, pero no estoy muy seguro de que llegasen a cumplirse, al menos, no para todos los fans.

Se hicieron muchas cábalas sobre quién sería la actriz elegida para el papel, recayendo finalmente la elección en **Jodie Whittaker**. Su "Doctor" no acaba de convencerme mucho. Es muy insegura y dubitativa; parece que está siempre desbordada por las circunstancias, y además es demasiado verborreica, una característica muy del Doctor, ciertamente, pero que no todo el mundo resuelve con gracia (ya el Doctor de Capaldi era cargante en este aspecto).

Introducing... ***La Doctora:***

Los nuevos companions tampoco son para tirar cohetes. Tenemos a **Yasmin –Yaz- Khan**, una policía de origen pakistaní interpretada por **Mandip Gill** que en la última temporada se descubre enamorada de la Doctora, aunque hasta entonces no había dado señales de su orientación sexual. La Doctora le responde que si su vida no estuviera completamente patas arriba en este momento, la correspondería sin duda, pero que dadas las circunstancias ahora es imposible.

Luego tenemos a **Ryan Sinclair**, interpretado por **Tosin Cole** y a su abuelo **Graham O'Brian** (**Bradley Walsh**), que es blanco aunque el chico sea de color (no se trata de su abuelo biológico sino del marido de su abuela, Grace, que muere en el primer episodio). La relación entre ellos es en principio bastante distante –Ryan no lo ve realmente como familia, pese a los esfuerzos de Graham por comportarse como un tal pero al final acaban limando asperezas y el chico lo acepta como abuelo. Ryan sufre de dispraxia, una rara enfermedad psicomotriz en la que en realidad no se hace mucho hincapié durante la serie.

A la derecha, la Doctora con sus tres compañeros iniciales.

El problema es que, sobre todo Yaz y Ryan, son demasiado planos como personajes, para mi gusto, siendo Graham quizá el "companion" con más nervio. Puestos a ser malpensado se podría señalar que los dos primeros han sido incluidos para cubrir la cuota racial, con el extra del lesbianismo de Yaz en el último momento, y es que el Doctor Who de Chibnall/Whittaker se desliza peligrosamente en el terreno de lo "woke", una tendencia que se ha acentuado en los últimos tiempos en muchas de las producciones televisivas y cinematográficas, distorsionando lo que son historias de entretenimiento puro y duro con un sesgo político que resulta ya cansino.

No es que la serie del Doctor no tratase este tipo de temas (son frecuentes las parejas interraciales, por ejemplo, y los personajes con diferentes orientaciones sexuales) pero los presentaba de forma natural, dentro de la trama, sin detenerse a dar discursos aleccionadores ni ser demasiado evidentes.

Otro problema es que en la primera temporada de la Doctora el equipo de **Chibnall** prescinde casi por completo de la mitología del personaje. No aparecen ninguno de sus enemigos clásicos, centrándose en aventuras independientes en las que se presentan nuevas amenazas.

CAMBIANDO DE OPINIÓN

La cosa mejora con el primer especial navideño, en el que el grupo se enfrenta a un Dalek solitario y, ya al principio de la siguiente temporada, reaparece el **Amo** con una nueva reencarnación interpretada por el estupendo **Sacha Dawan** –en la foto de la derecha-. Como sus predecesores en el papel, Dawan eleva el interés de los episodios en los que aparece.

Todavía más importante es que el Amo, en esta primera aparición, tiene importantes novedades sobre el origen del Doctor que acabarán explicándose al final de la temporada en una historia en dos episodios, de nuevo con el Amo como enemigo pero esta vez aliado a los cybermen.

*Volver atrás para revisar el "**nuevo origen del Doctor**" (**página 51**).*

*Para recordar las anteriores encarnaciones del Amo, ir a la **página 60** y también a la **127**.*

Tenemos un primer atisbo de lo que está por venir cuando nos encontramos con una segunda Doctora en el episodio 5 de esa temporada, titulado "**Fugitive of the Juddons**" -"Fugitiva de los juddons"; los juddons del título son esos alienígenas con cabeza de rinoceronte que han aparecido varias veces antes en la serie-.

No se trata de que haya una sustitución de Doctoras, en realidad, sino de que la actual se encuentra con alguien que tiene todo el aspecto de ser "también" la Doctora a la que le habían borrado la memoria y ocultado dentro de una vida normal, para protegerla.

Sea como fuere, el caso es que **Jo Martin**, la actriz que encarna a esta segunda Doctora, está genial en el papel. La suya es una versión decidida y potente, que se antoja preferible a la balbuceante Whittaker. Además en el episodio hay un breve cameo de **Jack Harkness**, avisando a los companions de la inminente reaparición de los cybermen. Se ve que Chibnall se puso las pilas y empezó a tirar de personajes conocidos.

*LA "OTRA" NUEVA DOCTORA. ¿A cuál prefieres? **Jo Martin** es una Doctora que destila autoridad. Además, si hubiese sido ella la Doctora oficial podría haber tonteado con Graham... ¡eso si que hubiese sido un cambio!*

MÁS COMPANIONS PARA LA DOCTORA

La duodécima temporada acaba con la Doctora –la oficial, Whittaker- siendo detenida y encarcelada por los juddons, una situación de la que la librará **Jack Harkness** en el especial de Año Nuevo de 2021 al final del cual, por cierto Ryan y Graham deciden quedarse en la Tierra. Yaz y la Doctora no viajan mucho tiempo solas ya que al principio de la siguiente temporada se les une **Dan Lewis** (el actor **John Bishop**) como nuevo companion. Dan, hombre blanco heterosexual de mediana edad (¿en qué estarían pensando los responsables de la serie?), tampoco es que sea un acompañante especialmente brillante, pero esta temporada, de sólo seis episodios formando una sóla trama llamada **Flux**, "El flujo", de lo mejor de la etapa de la Doctora, por cierto, no está falta de aliados para el Doctor.

Además de Yaz y Dan, los "companions" oficiales, tenemos a **Karvanista**, un ser canino de la especie "**luparis**" que acabará revelándose como un antiguo companion del Doctor (de uno de los Doctores anteriores a los que nosotros conocemos, se entiende). Por lo visto los lupari y los humanos tienen un vínculo que impele a los primeros a proteger a los segundos. A cada lupari le corresponde un humano y Dan, aunque él no lo sepa, es el de Karvanista, lo que no quiere decir que se lleven bien. Las pullas entre ambos son de lo más divertido en esta temporada.

*A la derecha, **Dan**, arriba y **Karvanista**, abajo (sí, el maquillaje podría ser algo menos ridículo.*

Que Karvanista rapte a Dan para protegerlo y reduzca su casa al tamaño de una caja de cerillas no ayuda precisamente a empezar su relación con buen pie.

El personaje está interpretado por **Graige Els** quien ha aparecido también en otros roles en la serie recientemente, por ejemplo como el jefe de los demonios marinos en el especial **The Sea Devils**, también llevando una máscara que lo hace irreconocible, o en el "minisodio" – episodios de breve duración con los que se descuelga de vez en cuando la BBC- "**Welcome to the Tardis**", donde se presenta a **Dan Lewis**, como un amigo de éste.

En otro episodio también aparecen los padres de Dan, ayudándole a hacer frente a la invasión de su Liverpool natal por parte de los

sontarans (una de las muchas razas hostiles que hay ahí fuera, éstos caracterizados por su cabeza de patata y su limitada inteligencia, lo que no los hace menos peligrosos), y a Diane (**Nadia Albina**, actriz con un solo brazo), su amiga/interés sentimental, a la que deja plantada cuando lo rapta Kavanista y que también tendrá un papel en la trama.

Luego están **Vinder** (**Jacob Anderson**, visto en **Juego de Tronos** en el papel de "Gusano Gris"), destinado en un observatorio espacial y uno de los primeros en contemplar la destrucción que provoca "el flujo", a la que escapa de milagro, y su embarazada esposa **Bel** (**Thaddea Graham**), que huye de planeta en planeta buscándolo, además de **Claire Brown** (**Annabel Scholey**), una psíquica en cuya mente se refugia un "angel lloroso" y el parapsicólogo y profesor **Eustacius Jericho** (**Kevin McNally**), que se hace amigo de ésta cuando es enviada al pasado por otro ángel. ¡No sé si me dejo a alguien! Se pueden ver a los principales aliados del Doctor mencionados a continuación.

LOS AMIGOS DEL DOCTOR: de arriba abajo y de izquierda a derecha, Vinder, Bel, Diane, Claire y Eustacius...

EL FLUJO (SE LÍA GORDA)

Los caminos de todos ellos se entrecruzan, en una complicada trama que intentaré resumir aquí, o al menos, lo que he podido entender (**Flux** es una de esas complicadas tramas tan típicas del Doctor –más del Doctor de Moffat quizá- que tanto nos gustan y que entiendes mientras las estás viendo, pero resultan difíciles de resumir porque están llenas de giros y trampas para el espectador –es lo que las hace tan divertidas-):

Básicamente, el "flujo", una fuerza que avanza devastando todo el universo, ha sido creado por **la División**, el grupo interno de los **Señores del Tiempo** al que el Doctor ha pertenecido en algún momento del pasado. Por lo visto el Doctor se reveló contra ellos, lo que hizo que la División le borrase la memoria primero y luego lanzase el flujo para eliminarlo, ahora que se ha enterado de sus vidas pasadas y amenaza con interferir en sus planes.

La Doctora logra proteger la Tierra del avance del flujo gracias a la flota lupari, que forma un escudo alrededor del planeta, pero sigue avanzando por todo el universo llevándose todo a su paso. En el caos resultante los **sontarans** tratan de sacar provecho, aunque el Doctor y sus amigos consiguen desbaratar sus planes un par de veces.

También los vemos enfrentarse a unos **ángeles llorosos** que pertenecen a la División, pero sus rivales más mortíferos son, en esta ocasión, los **Ravagers** ("saqueadores"), una destructiva pareja de hermanos que ya se habían enfrentado anteriormente al Doctor aunque éste no los recuerde ya que fue en sus encarnaciones pasadas, esas cuya memoria le ha sido borrada, más en concreto como la "**Doctora fugitiva**" –**Jo Martin**-, que consiguió derrotarlos y aprisionarlos cuando trabajaba para la **División**, así como a la entidad llamada "**Tiempo**" en el templo de **Atropos**, uno de los escenarios recurrentes de la temporada.

La líder de la División resulta ser **Tecteun**, la madre adoptiva de la Doctora, la gallifreyana que lo encontró en la brecha dimensional siendo un bebé (revisar "**Un nuevo origen para el Doctor**", en la **página 51**). Su plan es huir a un nuevo universo, pero no le da tiempo a hacerlo porque los Ravagers asaltan la nave donde se esconde entre universos y acaban con ella.

...Y SUS ENEMIGOS: Tecteun, interpretada en esta encarnación por Bárbara Flynn, y los Saqueadores, la pareja formada por los hermanos Swarm y Azure (Sam Spruell y Rochenda Sandall, en una estupenda interpretación pese a los kilos de maquillaje –su caracterización y vestuario es un tanto inenarrable-).

La Doctora, cómo no, consigue derrotar a todos sus enemigos; los Ravagers acaban siendo eliminados por el propio "Tiempo" enfurecido al no conseguir liberarlo, pero éste le anuncia a la Doctora que su fin se acerca...

LOS ÚLTIMOS ESPECIALES DE LA DOCTORA

Tras la temporada de "El Flujo" la Doctora protagonizó tres especiales en 2022.

El primero, llamado **Eve of the Daleks** –"La víspera de los daleks"- es un ejercicio de estilo muy divertido, ya que el Doctor, Yaz, Dan y otros dos humanos se ven atrapados, perseguidos (y eliminados) una y otra vez por un dalek en un bucle temporal que se va acortando de forma mortífera en un espacio cerrado, uno de esos edificios dedicados al almacenamiento de objetos.

Luego hay una aventura de piratas y monstruos en la China del siglo XIX (**Legend of the sea Devils** –"La legenda de los demonios marinos"- para cerrar el periplo de la Doctora con **The Power of the Doctor** –"El poder de la Doctora"- especial donde vuelve el **Amo**, aliado con los **daleks** y los **cybermen** para acabar con la humanidad.

Al principio de la aventura Dan deja la Tardis para volver a su vida, como hicieran en su momento Ryan y Graham (en esta etapa prescindieron de los finales trágicos de los companions, al menos. El único que cae en combate es el profesor Eustacius), pero a cambio se rescata a dos antiguas companion de los años 80: **Tegan Jovanka** (**Janet Fielding**) acompañante en la etapa final del Cuarto Doctor y, sobre todo, del Quinto, y **Ace** (**Sophie Aldred**), acompañante del Séptimo Doctor. Las dos mujeres, en la foto de la derecha.

En ese último especial también vemos a **Graham** en acción, aunque no a su nieto Ryan, y vuelve a aparece **Vinder**, el piloto visto en "Flux", que tiene un papel fundamental para deshacer el plan del **Amo** de forzar a la Doctora a regenerarse en él mismo (en el Amo, quiero decir). Sin embargo, en quien acaba regenerándose sorpresivamente la Doctora es... ¡**David Tennant**!

03. WELCOME BACK, DOCTOR
(Vuelve Tennant)

En principio no estaba prevista la vuelta de Tennant a la serie. Se había anunciado que Jodie Whittaker daría paso a **Ncuti Gatwa**, sin embargo, a última hora se decidió que **Russell T. Davies** comenzase su retorno a la serie con tres especiales protagonizados por Tennant.

El objetivo podría ser encarrilar la serie, volviendo a los "buenos viejos tiempos". Por más que todos los implicados hayan defendido el periodo de Chibnall/Whittaker en Doctor Who lo cierto es que su etapa es algo anómala (menos episodios por temporada, por ejemplo, siendo las más cortas desde su relanzamiento) con una audiencia inferior a lo que venía siendo habitual (entre 4-5 millones en las dos últimas temporadas frente a los 7-8 millones de etapas anteriores, aunque el descenso ya había comenzado en la fase final del Doctor de Capaldi y había remontado algo en la primera temporada de la Doctora, pese a que, en mi opinión, esa es precisamente la más floja y mejora después, pero supongo que se debe al elemento sorpresa influyó en esa buena audiencia inicial –ya digo que había expectativa por ver al Doctor como mujer y en como orientaba el nuevo showrunner la serie-).

Los especiales de Tennant, en este sentido, han conseguido su objetivo ya que remontan el número de espectadores alrededor de los 7 millones de nuevo. Habrá que esperar a ver cómo funciona la nueva temporada.

Por otro lado, no se puede dejar de notar que con este movimiento, inconscientemente o no, Davies retoma la serie en el punto en el que la dejó, como si todo lo ocurrido entre medias no hubiese sucedido (aunque hay referencias a los acontecimientos inmediatos... por ejemplo, el Doctor de Gatwa comenta que es adoptado, y que lo descubrió hace poco).

Incluso la companion de los tres especiales es la última acompañante que tuvo el Doctor de Tennant/Davies, **Donna Noble**.

> Puedes revisar lo que sabemos de **Donna** y su familia en las **páginas 55** a **60**.
>
> Hemos comentado brevemente estos nuevos especiales de 2023 y sus consecuencias al final del apartado **Los especiales de Tennant**, en concreto en la **página 63**.

Ya que comentábamos en otro apartado las edades de los Doctores, no está de más señalar que Tennant, con esta segunda intervención en la serie, entra en el club de los Doctores cincuentones. El actor se mantiene en buena forma, sin duda, pero el tiempo pasa para todos, así que cuando dice que ha vuelto "a la cara de antes" la verdad es que no es exactamente así.

Tennant a los 30 y a los 50. No es lo mismo, aunque la producción ha intentado mantener el estilo del Doctor de entonces: pelo a lo "pájaro loco", traje... y la energía y el sentido del humor, que sí son bastante parecidos.

La explicación, un poco ambigua, que se da para justificar la repetición del actor en el papel es que quizá necesitaba algo que le recordase el camino a casa (que no es otra que la de Donna), aunque todos sospechamos que se trata más bien de motivos comerciales.

04. Y VUELTA A EMPEZAR
(El Doctor de Gatwa)

Los especiales de 2023 acaban con Tennant dividiéndose en dos, una forma de regenerarse inusitada (o "bi-generation"). Una de las partes es, desde luego **Ncuti Gatwa**, el nuevo Doctor –sería el **Décimo quinto**, ya que los responsables han decidido contar el segundo Doctor de Tennant en la lista oficial y puesto que, como apuntábamos antes, termina plácidamente instalado en la Tierra, en el jardín de los Temple/Noble, no es descartable que lo volvamos a ver corriendo alguna que otra aventura.

Como los más observadores habrán ya observado, **Gatwa** es el primer Doctor... ¡en lucir bigote! El actor, de origen ruandés, se hizo popular con su papel en **Sex Education** y ya sólo por lo visto en el último especial, "**The Giggle**" –traducido como "La risa" aunque sería más bien "La risilla"-, en la que tiene algo más de protagonismo que los típicos últimos minutos tras la transformación, ya que participa en la derrota del enemigo de turno, el "**Toymaker**" –"el juguetero"-, podemos decir que va a ser un buen Doctor. Tiene la energía que el personaje requiere, que no tiene porqué ser la misma en todos los Doctores, y forma un equipo fantástico con Davies. Abajo, los dos.

UN DOCTOR CON ESTILO

Con estilo, sí, ¿pero qué estilo?

En el momento de escribir esto, habiendo visto solamente el especial Navidad de 2023, ya protagonizado íntegramente por él, parece aún por definir. En el último especial de Tennant lo veíamos todo el rato en camisa y calzoncillos, debido a las circunstancias de su aparición (la "bi-generation") sin tiempo para pararse a ponerse unos pantalones. Al principio de su primer episodio protagonista lo vemos luciendo diferentes outfits, incluyendo uno con falda escocesa pasándoselo pipa y llamando la atención en una discoteca (no recuerdo una escena parecida protagonizada por ningún otro Doctor; también lo vemos protagonizando un número musical con su nueva companion, en medio de una escena dramática... desde luego la pareja Davies/Gatwa nos va a dar más de una sorpresa). Volviendo al vestuario del nuevo Doctor, un abrigo largo de cuero marrón es lo que viste principalmente a lo largo del especial, con prendas diferentes debajo, con un aire muy setentero que incluye camisetas de escote generoso y collares, aunque en algunas fotos promocionales también lo hemos visto con un traje azul y pelo afro, aunque eso parece más un disfraz de época que imagino adopta al viajar a algún momento del pasado.

Es probable que el guardarropa de Gatwa sea más variado de lo habitual, pero ahora mismo no lo podemos decir. Cuando leas quizá hayas visto ya su primera temporada, e incluso más, así que nos llevas ventaja.

*Abajo, **Ncuti Gatwa** con diferentes conjuntos.*

NUEVA COMPANION

En una de las fotos anteriores vemos al Doctor con su nueva companion, que debutó en el especial Navidad 2023, llamado **The Church of Ruby Road**, ("La iglesia de Ruby Road"). Se trata de **Ruby Sunday** (interpretada por **Millie Gibson**), muy en la onda de jovencita inglesa blanca, rubia y pizpireta que ya hemos visto otras veces.

Ruby (en la foto de la derecha) fue abandonada en la puerta de una iglesia (la de la carretera de Ruby del título) cuando era un bebé y adoptada por una mujer de color y su madre, una familia que suele acoger niños temporalmente, aunque con ella decidieron hacer una excepción y quedársela. La historia del especial se centra muy particularmente en Ruby (se ha comparado al inicio del relanzamiento de la serie, con **Rose** y el **Noveno Doctor**, también con **Russell T. Davies** al mando), con unos duendes que secuestran bebés abandonados/adoptados).

Lo cierto es que es una manera fresca de empezar desde cero, sin tener que saber mucho de la historia previa del Doctor, que ya iremos conociendo a la vez que lo hace Ruby (y como hizo en su momento Rose). Son dos puntos accesibles para empezar a ver la serie también.

*Volver al **Noveno Doctor** y el relanzamiento de la serie en 2005, en la **página 34**, o seguir directo a la página siguiente, donde revisamos los (sobre todo las) companions del Doctor.*

La química entre Gibson y el Doctor de Gatwa salta a la vista pero está por ver cómo se desarrolla esta relación. Una vez más, dependiendo de cuando leas esto, nos llevas ventaja.

*Desvío al **futuro**. Fuera de este libro te esperan las nuevas temporadas de **Doctor Who**. Nos vemos aquí en la próxima **actualización**. Who oh ohhh... (musiquilla de la serie).*

CAPÍTULO 5
Companions y amigos
(por orden de aparición, o casi)

01. ROSE TYLER

Rose, personaje interpretado por **Billie Piper**, tiene el honor de ser la primera acompañante del Doctor en la etapa moderna de la serie. Como tal, asiste a la primera de las regeneraciones de dicha etapa -la trasformación de **Christopher Eccleston**, el **Noveno Doctor**, en **David Tennant**, el **Décimo**-, por lo que en cierto modo durante un momento ella es la veterana del binomio Doctor/acompañante, y el nexo de unión entre un Doctor y el siguiente, entre la primera y la segunda temporada.

De hecho, Rose tiene mucho que ver con que se produzca esa regeneración ya que al final de la primera temporada, para salvar al mundo (y al Doctor) Rose absorbe toda la energía del vórtice temporal de la Tardis, convirtiéndose en un ser superpoderoso, el "**Lobo Malo**" –Bad Wolf, las palabras que han estado viendo el Doctor y ella a lo largo de la primera temporada en los lugares más variopintos y que no son más que mensajes que Rose se dirige a sí misma a través del tiempo y el espacio para saber qué hacer cuando parezca que todo está perdido... No te preocupes si no lo has entendido muy bien; yo tampoco lo hice en su momento; como tantas otras veces lo que siempre digo es... ¡hay que ver la serie!

En su encarnación de "Lobo Malo", Rose derrota a los **daleks**, que son los causantes de todo el lío (los dos últimos episodios de la primera temporada "**Lobo Malo**" y "**El momento de la despedida**" eran su reincorporación a la serie, aunque ya había aparecido un dalek solitario en un episodio anterior, el sexto de la primera temporada titulado simplemente "**Dalek**") y resucita a **Jack Harkness**, otro compañero del Doctor del que hablaremos enseguida, al que los daleks habían asesinado. Al resucitar, Jack se convierte en inmortal (ver la entrada de Jack en este mismo capítulo o el anticipo en el que hablábamos de él en la **página 39**).

Aunque salva el día, el cuerpo mortal de Rose no puede contener durante mucho tiempo tanta energía, así que el Doctor tiene que absorberla en sí mismo antes de devolverla a la Tardis, lo que desencadena el proceso de regeneración aunque salva a la chica.

*Abajo, **Rose Tyler**, de chavala barriobajera a ser superpoderoso en una sóla temporada.*

Otros personajes recurrentes en la serie relacionados con Rose son su madre, que juega un papel casi de "suegra" del Doctor y **Mickey**, que al principio se presenta como una especie de noviete de Rose, lo que no le impide a ésta irse sin pensarlo con el Doctor y, ya en su encarnación como David Tennant, enamorarse de él, aunque no llegan a decírselo – bueno, ella si se lo dice pero él no a ella- ya que quedan separados en mundos alternativos al final de la segunda temporada (en el episodio **Doomsday** – "El día del juicio final"-).

LOS TYLER Y COMPAÑÍA

*La madre de Rose, **Jackie** (interpretada por la actriz **Camille Coduri**), un personaje entre lo patético y lo divertido y **Mickey Smith** (**Noel Clark**). Ambos tienen un papel destacado en esta etapa de la serie. Mickey incluso viajará con el Doctor y Rose en la Tardis durante algún tiempo en la segunda temporada.*

*Mickey acaba convertido en un héroe en un universo alternativo (a la izquierda). Es en ese mundo en el que queda atrapada Rose al final de la segunda temporada. El padre de Rose –o un padre alternativo, el de nuestro mundo murió hace tiempo, se le dedica todo un episodio al suceso en la primera temporada-, **Pete Tyler** (**Shaun Dingwall**, debajo a la izquierda) dirige su propia versión de **Torchwood**. Al menos aquí es un hombre de éxito y él y Jackie tienen una segunda oportunidad de vivir sus vidas junto (al menos la Jackie de un mundo con el Pete del otro).*

***

Tras el anticlímax que supone la separación de Rose y el Doctor al final de la segunda temporada, el Doctor se encuentra desolado. Esto nos lleva al especial donde se presenta a **Donna Noble** ("**La Novia Fugitiva**") y luego a la tercera temporada, donde el Doctor comparte aventuras con **Martha Jones** , y después a la cuarta, donde Donna ocupa su lugar como companion, aunque desde su separación Rose es nombrada frecuentemente por un melancólico Doctor.

Mientras tanto, en el mundo paralelo donde está exiliada, Rose intenta volver a la Tierra del Doctor para reunirse con él, pero además para salvar al planeta de una crisis inminente.

La vemos aparecer brevemente en varios episodios de la cuarta temporada hasta que por fin consigue volver a nuestra dimensión y ayuda al Doctor, junto a sus otros acompañantes y amigos, incluyendo a sus padres y a Mickey, a derrotar nuevamente a los daleks.

Al final, Rose tiene que volver a su mundo alternativo, pero no lo hace sola. Aunque Mickey se queda en nuestra realidad, a Rose la acompañan Jackie, Pete y... ¡¿el Doctor?! Bueno, un Doctor, al menos. Se trata de un doble generado a partir de la mano cortada del Doctor en el especial navideño donde apareció Tennant por primera vez. ¿Lo recuerdas? Si no, vuelve a la **página 31**, donde puedes ver al Doctor sin su mano derecha.

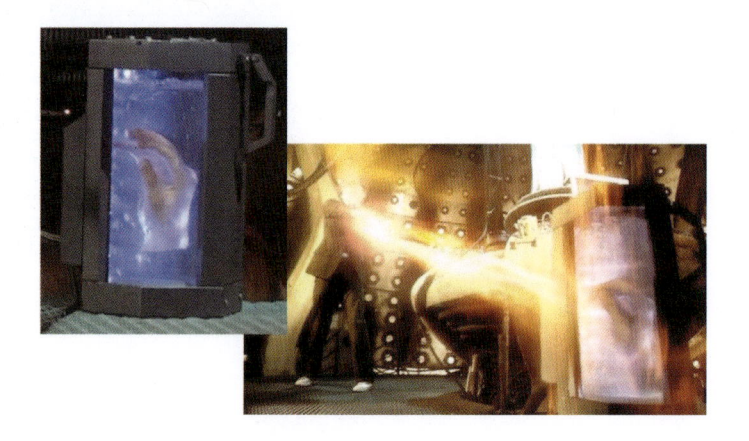

La mano cortada del Doctor ha estado dando vueltas por ahí conservada en un tarro hasta que por fin es usada en esta aventura para generar un nuevo Doctor.

El doble del Doctor es idéntico a Tennant, incluyendo sus recuerdos, pero humano en vez de "gallifreyano". Eso significa que podrá vivir sus días junto a Rose, con la que envejecerá a la vez que lo haga ella, y que no habrá regeneraciones por su parte.

Final feliz, al menos para ellos. Porque "nuestro Doctor", el que no ha conseguido a Rose, vaga melancólicamente de aquí para allá y vive diversas aventuras (los especiales posteriores a la cuarta temporada), hasta que le llega la hora...

Rose volvería a aparecer en el especial 50 aniversario, aunque en realidad se trata sólo de una imagen tomada de la mente del Doctor por una "conciencia" que trata de ayudarlo a tomar la decisión correcta en un asunto de vital importancia.

*Desde aquí puedes regresar al final del capítulo dedicado al **Noveno Doctor** si vienes desde allí (**página 42**), que te llevará directamente al especial del 50 aniversario (**página 43**) si quieres revisarlo.*

02. ADAM

Un companion a menudo olvidado en las lista de acompañantes del Doctor –bueno, no sé si ni siquiera llega a esa categoría-, es **Adam Mitchell** (interpretado por el actor **Bruno Langley).**

Adam es un joven investigador que trabajaba para un millonario coleccionista de artefactos extraterrestres en el sexto episodio de la primera temporada, al que hemos hecho referencia antes, titulado "**Dalek**". A Rose le cae en gracia el joven y convence a un reticente Doctor para que lo deje viajar con ellos (en este sentido es un companion en toda regla). Las dudas del Doctor pronto se demuestran justificadas, ya que en su siguiente aventura, **The Long Game** –"La larga jugada"- en una estación espacial, Adam hace que le instalen un artilugio en la cabeza con el que puede obtener toda la información disponible en el universo (información de la que se piensa aprovechar). La cosa no sale bien y un enfadado Doctor acaba devolviendo a Adam a la Tierra pero sin quitarle el implante, a modo de castigo. Hay que decir que dicho implante se activa sólo con chasquear los dedos, por lo que Adam queda expuesto a ser descubierto en cuanto alguien lo haga –algo que ocurre nada más llegar su madre a la casa-.

Al lado, Adam, "normal" y con el implante.

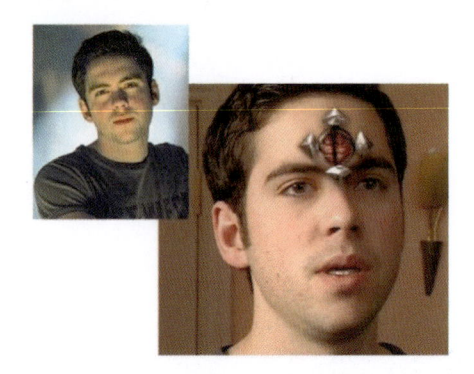

Adam es uno de los companions de menor duración del Doctor, si no el que más, y el único, que yo sepa, que falla en su papel. No volvió a aparecer en la serie de televisión, pero sin embargo fue el villano de una colección de cómics de IDW llamada **Prisoners of Time**, "Prisioneros del tiempo", de 12 números en los que un misterioso personaje, que resulta ser Adam, rapta a los diferentes companions del

Doctor a lo largo del tiempo, precisamente para vengarse de que a él no se le diese una segunda oportunidad. Es una serie interesante, en la que tenemos ocasión de ver dibujados a todos los Doctores clásicos y a muchos de sus acompañantes.

*A la izquierda, un envejecido **Adam** se enfrenta a "su" Doctor y a Rose: "¡No fue justo! ¡Sólo cometí un error!"*

Como se revela al final de la serie, el verdadero cerebro tras el plan es **The Master** –el Amo- (en una encarnación antigua), que se aprovecha de la ira de Adam contra el Doctor para vengarse de él. En el cómic, Adam se redime rebelándose contra el Amo, aunque eso le cuesta la vida.

03. CAPITÁN JACK HARKNESS

El personaje de Jack (a la derecha), interpretado por **John Barrowman**, es presentado en el episodio **The Empty Child** –"El niño vacío"- como un ex "agente temporal" que se dedica a estafar a otros viajeros del tiempo, y que de hecho trata de hacerlo con Rose Tyler y el Noveno Doctor cuando éstos se encuentran con él en el Londres de 1941, con el telón de fondo de los bombardeos de la Segunda Guerra Mundial, aunque al final acaba ayudándoles y se une a ellos en sus viajes en la Tardis.

Una de las características que llama la atención del personaje es que es un seductor nato que flirtea con todo lo que se le ponga por delante, ya sea hombre, mujer, terrestre o alienígena. Levantó cierta polémica al ser incluido en una serie dirigida a toda la familia, pero lo cierto es que en general cae bien, sobre todo por la manera en que lo interpreta Barrowman. Es el típico pillo simpático. Además, sus insinuaciones y flirteos son bastante inocentes y sutiles (y divertidos) en la serie del Doctor. En **Torchwood,** serie que protagoniza y que está dirigida a un público supuestamente más adulto, su sexualidad es más explícita.

A la izquierda, el "capitán" Jack Harkness encuentra a Rose y al Noveno Doctor...o ellos a él.

***

A la derecha. Jack es un personaje desinhibido y nada modesto:
"¿Estoy desnudo delante de un millón de espectadores? Pues acabáis de subir la audiencia"

***

Abajo, Jack se despide de Rose... ¡y del Doctor! (Eccleston).

En el último episodio de la primera temporada Jack muere heroicamente intentando retrasar el avance de los daleks. De hecho, es el último en caer del bando humano. Sin embargo, como hemos visto en el apartado de Rose ésta, que ha absorbido la energía del vórtice temporal de la Tardis lo resucita, convirtiéndolo de paso en inmortal. Al final de esa historia Rose y el Doctor se van dejándolo atrás...

Volveremos a ver al personaje en la serie **Torchwood** como el líder de Torchwood Tres, la organización que lucha contra los alienígenas y que recoge todo tipo de objetos extraterrestres, entre ellos la mano cortada del Doctor en el especial Navidad en el que Tennant hizo su primera aparición, lo que, como hemos visto será de vital importancia para el desenlace de la historia de Rose/Tennant.

Jack se reencuentra con el Doctor (el Décimo Doctor ahora, es decir, el de Tennant) al final de la tercera temporada de Doctor Who (en la trilogía **Utopía, El Sonido de los Tambores** y **El Último de los Señores del Tiempo**), que se continúa directamente desde la escena final de la primera temporada de **Torchwood**. En esta historia Jack ayuda al Doctor, junto a **Martha Jones**, a salvar al mundo del **Amo** y le explica al Doctor que usó su trasportador de agente del tiempo para volver a la Tierra cuando lo dejaron en la estación espacial. Por desgracia se quedó varado en el pasado, aunque, como es inmortal, tenía la esperanza de volver a encontrarse con ellos en algún momento del futuro, y todo el tiempo del mundo para esperar.

Cuando todo vuelve a la normalidad el Doctor le ofrece viajar con él de nuevo, pero Jack decide permanecer con su equipo defendiendo la Tierra de amenazas. Por cierto que aquí comenta que de joven lo llamaban "**el rostro de Boe**", por lo que se especuló que en el futuro Jack pudiera transformarse en ese personaje recurrente en la serie –al menos en la etapa de **Russell T. Davies**, luego no se ha visto- que se llama de igual manera.

A partir de ahí sus aventuras se pueden seguir en Torchwood, aunque volveremos a verlo de nuevo en Doctor Who de forma recurrente, por ejemplo en la saga final de la cuarta temporada (los dos episodios "**La Tierra robada**"/"**El final del Viaje**"), donde se reúnen muchos de los amigos que ha hecho el Doctor durante esta encarnación para luchar contra otro intento de invasión daleks.

En una breve escena cuando el Doctor de Tennant visita a cada uno de sus amigos en el último episodio de su periplo, "**El Final del Tiempo**", éste le pasa a Jack una nota con el nombre del atractivo soldado que está en la barra del bar junto a él (es el personaje que conocimos en el especial "**El viaje de los Condenados**"), lo que le facilita que pueda ligárselo. Un "regalo" de despedida del Doctor. El nombre del soldado no es otro que Alonso, en un guiño a la frase de guerra del Doctor "**Allons-y**" – "¡vamos!" en francés-, que, según confiesa, siempre ha querido decírsela a alguien llamada Alonso: "Allons-y, Alonso".

Más recientemente Jack ha vuelto a aparecer en la temporada duodécima, primero advirtiendo a la Doctora, a través de sus companions, de un peligro inminente, y más adelante rescatándola de la prisión en la que la encerraron los juddons. ¿Lo veremos interactuando con el Doctor de Ncuti Gatwa? Es posible, ya que el personaje es uno de los favoritos de Davies –aunque **The Empty Child** fue escrito por Moffat, curiosamente-.

En sus intervenciones en la última etapa todavía daba el pego (ver la foto a la derecha).

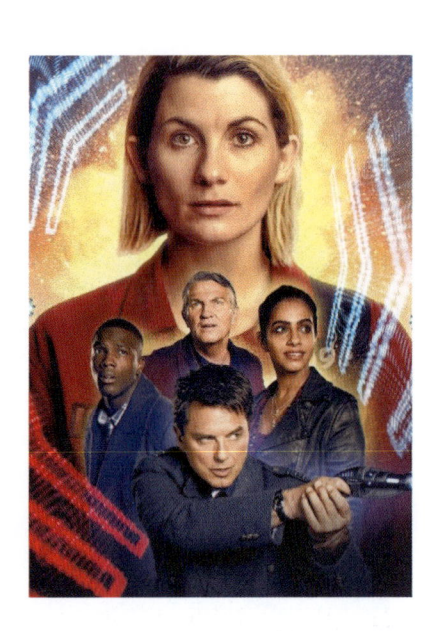

*Retorno a la primera aparición de Jack en el apartado dedicado al **Noveno Doctor** si has llegado a este punto desde allí (**página 39**).*

***

04. MARTHA JONES

Martha, probablemente una de las acompañantes del Doctor más guapa de todas las épocas, la actriz **Freema Agyeman**, fue la sustituta oficial de Rose Tyler. Es una estudiante de medicina que acompaña al Doctor de Tennant durante la tercera temporada de la serie y que se enamora de él probablemente desde el momento en que éste la besa, ya en el primer episodio en el que se encuentran, el primero de esa temporada, titulado "**Smith and Jones**" (Jones por ella, evidentemente, y Smith porque es el apellido que él se pone... no muy imaginativo).

Claro que el Doctor la besa para dejar en ella un rastro de su propio ADN y confundir así a los **judoons**, los mercenarios intergalácticos con cabeza de rinoceronte (ver foto a la derecha) que están rastreando a un alienígena asesino que resulta ser nada menos que una abuelita del hospital donde Martha trabaja. Para impedir que el asesino que están escape los judoons trasportan todo el hospital a la luna. ¡Buen comienzo para una temporada!

A la izquierda, el Doctor besa a Martha. La cara de ella después es bastante elocuente.

El Doctor no parece ser muy consciente del interés que despierta en Martha, o si lo es, finge ignorarlo. A veces tiene una actitud incluso despectiva hacia ella, amargado como está por la reciente pérdida de Rose. La sombra de la primera compañera del Doctor es alargada, lo que no le impide, sin embargo, enamorarse de la enfermera-matrona que encuentran en la Inglaterra pre-primera guerra mundial en el episodio "**Human Nature**". En su defensa habría que decir que en ese episodio el Doctor se ha convertido en humano, de forma literal: ha cambiado todas sus células para que no puedan localizarlo, lo que conlleva que ni él mismo sepa quién es ni recuerde nada de su vida pasada. La pobre Martha, que sí está al corriente, tiene que ver como él vive una historia de amor con otra. Parece que, consciente o inconscientemente, ella no es su tipo.

*A la izquierda, el Doctor en el papel de profesor despistado. En esta encarnación humana se enamora de la matrona del colegio donde trabaja, la viuda **Joan Redfern**, encarnada por la actriz Jessica Hynes.*

*A la izquierda, **Martha**, en el un tanto denigrante papel de sirvienta, tiene que verlo todo y soportar las humillaciones de una Inglaterra donde la igualdad racial queda aún muy lejos.*

Al final de la tercera temporada, tras derrotar al **Amo** con la ayuda del Capitán **Jack Harkness**, en la trilogía que empieza con el episodio "**Utopía**", lo acabamos de ver, Martha, que tiene un papel decisivo en la resolución de la historia, decide dejar al Doctor sabiendo que él nunca va a corresponder sus sentimientos.

Sin embargo, Martha reaparece, ya como doctora y asesora médica de **U.N.I.T.**, en la trilogía de la segunda temporada de **Torchwood** formada por los episodios 6 a 8, **Reset**, **Dead Man Walking** y **A Day in the Death** –"Restauración", "Muerto Viviente" y "Un Día en la Muerte", en su emisión en España) y también la volveremos a ver en **Doctor Who** en la cuarta temporada, durante los episodios 4 a 6 y luego en la saga final "**La Tierra Robada**"/"**El Fin del Viaje**", junto a otros amigos y compañeros del Doctor, como ya hemos comentado. Su presencia en la saga del Doctor de Tennant es bastante continua, por lo tanto.

*Abajo, Martha con el equipo de **Torchwood**, incluido **Jack Harkness**.*

En el último especial de Tennant, durante la "ronda de despedida" que éste hace, vemos que Martha ha acabado casándose con **Mickey**, el antiguo noviete de Rose. Ambos pelean contra posibles amenazas alienígenas por su cuenta. Es gracioso que el apellido de Mickey sea precisamente Smith, por lo que el título del episodio donde debutó Martha resulta ser profético finalmente.

*A la derecha, **Smith & Jones**, matrimonio, de profesión patea culos alienígenas.*

Por lo visto estaba planeado que Martha apareciese también en **The Sarah Jane Adventures**, convirtiéndose así en un personaje recurrente en todas las series relacionadas con Doctor Who, pero su fichaje para la rama británica de "**Ley y orden**" lo impidió.

Nota: *el Doctor también se despide de su amor humano, o, bueno, al menos de su bisnieta, que guarda un increíble parecido con su antepasada y que ha escrito una novela contando toda la historia, basándose en el diario de la matrona. Vemos la escena en la fotografía de la derecha.*

*Volver al punto de los **Especiales de Tennant** (en los que aparece Martha a partir de la **página 56 y 57**) si has llegado a su historia desde allí.*

***

05. DONNA NOBLE (RECORDATORIO)

Donna (interpretada por **Catherine Tate**) aparece en realidad entre Rose y Martha, en el especial "La novia fugitiva", pero no es hasta la cuarta temporada que no se convierte en acompañante habitual del Doctor de Tennant. Ya hemos dicho todo lo más fundamental sobre la divertida pelirroja, así que poco que añadir aquí. Se aconseja tomar el desvío hacia la parte donde se habla de ella (**página 55**), aunque probablemente ya hayas leído su historia.

06. Y... ¡¿KILEY MINOGUE?! (Y OTROS)

No estoy muy seguro de que se deba incluir a la entonces bastante célebre cantante como companion del Doctor. Después de todo aparece única y exclusivamente en el especial "**El Viaje de los Condenados**" (sí, el capítulo donde aparece **Alonso**), aunque en su libro "**The Writer Tale**" donde Russell T. Davies comenta los entresijos de su última etapa en la serie, dice que Kiley fue una magnífica companion, así que... Siendo estrictos, para considerar a alguien "companion" debe al menos haber hecho algún viaje con el Doctor, sino todas las personas que se encuentra y lo ayudan –o viceversa-, que suelen ser una o varias en cada episodio, entrarían dentro de esa categoría. Pero en fin, ya que lo dice el autor la incluiremos aquí también.

*A continuación, "**Alonso/Allons-y**" (el actor **Russell Tobey**) quien, como hemos dicho, también aparece en ese mismo especial. En la segunda imagen está con el **Capitán Harkness** en la barra de un bar, en el episodio final donde el Doctor de Tennant se despide de todos sus conocidos.*

103

Se podrían citar muchos acompañantes ocasionales del Doctor que sin embargo no llegaron a ser companions. En la "temporada de especiales", como se suele llamar al conjunto de especiales que se emitieron entre la cuarta y la quinta temporada, aparece, por ejemplo, en el episodio llamado "**El Planeta de los Muertos**", **Lady Cristina de Souza,** (interpretada por la actriz **Michelle Ryan** (en la foto a la izquierda).

Christina es una aristócrata que se dedica a robar por diversión Amante de las emociones fuertes, bien podía haberse convertido en una companion del Doctor, con el que además había buena química (ver beso más abajo), pero tras los especiales Davies T. Russell dejó la serie, lo que supongo que acabó con las posibilidades de desarrollar más al personaje.

***Lady Christina** y el Doctor, una relación interesante, en la línea héroe/ladrona simpática de, por ejemplo, Batman y Catwoman, que no pudo ser.*

En 2018, sin embargo, se ha lanzado una serie de audio, protagonizada por el personaje –la voz la pone la misma actriz, **Michelle Ryan**- que está relacionada, en cierto modo, con el universo Whoviano. Ver carátula más abajo. Lo de las series de audio no es nada extraño, de hecho es uno más de los productos que genera Doctor Who en Inglaterra y ha habido algunas dedicadas a los más variopintos elementos procedentes de Doctor Who.

07. AMELIA –AMY- POND (Y RORY)

Amy, interpretada por **Karen Gillan**, a la izquierda, es la primera compañera del Undécimo Doctor, es decir, estamos ante un auténtico "reboot" –reinicio de la serie- ya que Doctor y companion cambian a la vez (ha ocurrido en esta ocasión, en el caso del Decimotercer Doctor –la Doctora, en realidad y en la más reciente de Ncuti Gatwa, el Décimo quinto Doctor). No hay que ser muy sagaz para deducir que esto ocurre, por lo menos hasta ahora en la serie moderna, cuando cambia el "showrunner". Normal que quiera empezar de cero con su propio equipo.

Al principio, Amy tiene dudas sobre sus sentimientos hacia el Doctor, después de todo creció esperándolo (recordemos que se encontraron justo después de la regeneración del Doctor, cuando ella era una niña) y pensando en él. Además hay que reconocer que la figura de aventurero espacio temporal es muy atractiva –todas las chicas se van con él en cuanto se lo pide, sin pensárselo demasiado-, sobre todo si está interpretado por Tennant o Smith... el Doctor de Capaldi no parece atraer tanto a las terrícolas, aunque vuelve a ser así con Gatwa, por lo que hemos visto.

Cuando Amy intenta besar al Doctor (foto de la izquierda) y pasar a más, éste entra en pánico y saca a **Rory** (**Rory Williams**, el prometido de Amy, el actor **Arthur Darvill**; lo podemos ver aquí al lado) de su despedida de soltero. Recordemos que cuando Amy se va con el Doctor es justo la noche antes de su boda con Rory. Básicamente el Doctor incorpora a Rory a la tripulación de la Tardis, convirtiéndose en un trío y formando un buen equipo, hay que decir. Durante sus aventuras juntos, sin embargo, Amy comprende lo mucho que quiere a Rory y acaba casándose con él.

En "**Amy's Choice**" –"La decisión de Amy", episodio de la quinta temporada, una falsamente muy embarazada Amy debe decidir entre el Doctor y Rory –o cual de las realidades que éstos representan es la auténtica: la vida bucólica pero aburrida en el pueblo o las aventuras y los viajes en la Tardis-. Cuando Rory muere en la "realidad" más mundana, Amy piensa que la otra debe ser la real o que, en cualquier caso, no le merece la pena vivir en un mundo sin Rory. Abajo, una escena de ese episodio.

Como decimos, la pareja acaba casándose, pero no sin ciertos problemillas de por medio, como que él sea eliminado de la realidad como si nunca hubiese existido antes de que se produzca la boda. Pero nada es definitivo en esta serie, y menos en la etapa de Moffat. "El tiempo se puede reescribir", comentan alguna vez –a conveniencia del guionista, añadiría yo- y Rory acaba volviendo en la forma de un centurión romano –en realidad es un duplicado "**auton**" (los autómatas de plástico que vimos en el primer episodio del relanzamiento de la serie) que imita al Rory real y que forma parte de de un elaborado plan para aprisionar al Doctor. La personalidad humana del auténtico Rory se impone, sin embargo, dando de paso lugar a la leyenda de "el último centurión" (por eso en algunos episodios posteriores el Doctor y Amy se dirigen a él como "romano" o "centurión").

*Abajo, **Rory** como centurión romano.*

La historia es mucho más compleja que todo eso, claro, (se puede ver en los dos últimos episodios de la quinta temporada: **The Pandorica Opens** y **The Big Bang** –"La Pandórica se abre" y "El Big bang" respectivamente-) pero en fin, por resumir y porque nuestro objetivo es despertar el interés del lector para que vea la serie, no contar sus entresijos al dedillo. el caso es que el Rory autón mata a Amy –contra su voluntad- pero el Doctor y él la ponen a salvo dentro de un artilugio llamado la Pandórica. La programación de la caja-artefacto sanará a Amy pero necesitará casi dos mil años para ello, durante los cuales Rory, fiel a su amada, la esperará protegiendo la caja con su vida. ¿Es o no es romántico?

En esa aventura también se desvela por fin –y se resuelve- el misterio de las grietas en el tejido del universo, que han ido apareciendo a lo largo de toda la quinta temporada (una de ellas es la que "borró" a Rory de la realidad) y estaban ya presentes en el primer episodio en forma de la grieta en la pared del cuarto de la Amy niña. Las grietas son la avanzadilla del fin del universo y, según dicen los enemigos del Doctor, han sido provocadas por él, pero en realidad se deben a una explosión de la Tardis que hará que se colapse toda la realidad.

Gracias a un plan rocambolesco (típicos de la serie desde siempre, pero que Moffat lleva al paroxismo), el Doctor y sus amigos consiguen finalmente evitar la catástrofe.

La boda de Amy y Rory, al final del doble episodio que cierra la temporada cinco; **La Pandórica se abre /El Big Bang.**

Más adelante, en un momento no determinado de la sexta temporada, **La orden del Silencio** (ahora presentados como una confederación de enemigos del Doctor, en vez de solamente la raza alienígena que Moffat introdujo en la saga formada por los dos episodios iniciales de la sexta temporada **El astronauta imposible / El día de la Luna**) raptan a una Amy embarazada –esta vez de verdad- para apoderarse de su hijo cuando nazca y programarlo para eliminar al Doctor (será una niña, en realidad).

El Doctor y Rory no se dan cuenta al principio del cambiazo, ya que un duplicado de Amy, animado por su conciencia y sentimientos, ha estado viajando con ellos todo el tiempo, pero cuando por fin lo descubren logran rescatarla, aunque no a la niña. Es entonces cuando descubren que su hija no es otra que **River Song**, la aventurera espacio-temporal con la que se han cruzado ya en varias ocasiones durante momentos clave de su trayectoria con el Doctor.

Ya en la séptima temporada Rory y Amy son separados del Doctor y acaban viviendo no se sabe muy bien dónde en un pasado al que el Doctor no puede viajar y al que son enviados por un "**ángel lloroso**" (**weeping angel**, una de las creaciones de Moffat en la etapa de Russell T. Davies que se acabó convirtiendo en amenaza recurrente. No es para menos, son ciertamente perturbadores).

***Los ángeles llorosos** son unos seres bastante inquietantes. Aparecieron por primera vez en el episodio décimo de la tercera temporada (época Tennant con Martha de acompañante) y se han cruzado en el camino del Doctor de Amy alguna que otra vez. Se mueven sólo cuando no los miras o, más exactamente, **existen** sólo cuando no los observas. El resto del tiempo son estatuas de piedra sin más. Eso los convierte en unos depredadores temibles, ya que tienen el camuflaje perfecto. Te trasportan al pasado alimentándose de la energía temporal que eso produce.*

Amy se las apaña para dejarle un mensaje al Doctor en el epílogo de un libro donde le dice que están bien y son felices. Sabemos, por la lápida de una tumba, que vivieron muchos años y fueron enterrados juntos, pero ya no se volverán a cruzar con el Doctor, a excepción de un breve instante cuando éste se está regenerando en el que una Amy no sabemos si real aparece ante él para despedirse.

Hay una cierta tendencia en el relanzamiento de la serie a hacer que la relación Doctor/companion termine en drama. No es que antes no hubiese alguna separación trágica, incluso alguna que otra muerte, pero también era perfectamente posible que el companion dijese sin más: "bueno, Doctor, ya he tenido bastante, ahí te quedas".

*El Silencio, otra de las terribles amenazas salidas de la mente de Moffat. En este caso solo eres consciente de su existencia cuando los ves. En cuanto dejas de mirarlos olvidas que existen o ni siquiera que los hayas visto (la premisa es prima hermana de la de los **ángeles llorosos**, aunque diferente).*

Esta raza ha estado manipulando la evolución de la humanidad durante milenios, sin que nadie sea ni siquiera consciente de su existencia. Pero eso va a cambiar cuando se crucen con el Doctor, que logra derrotarlos implantando en el subconsciente de la humanidad, aprovechando el aterrizaje del primer hombre en la Luna, un acontecimiento emitido a nivel mundial, el mensaje de que los destruyan allá donde los vean.

*En la foto superior vemos también a **Madame Kovarian** (la actriz **Frances Barber**), una mujer que trabaja para ellos y tuvo un papel fundamental en el secuestro de Amy y la crianza y entrenamiento de River Song.*

*Retorno al **Undécimo Doctor** (página 19) si has llegado aquí desde ese episodio.*

08. RIVER SONG

River, interpretada principalmente por **Alex Kingston**, aparece por primera vez en la cuarta temporada, es decir en la época del Doctor de Tennant, aunque la arqueólogo/doctora/profesora va a interactuar mucho más con el siguiente Doctor, el de Matt Smith, con Moffat como showrunner, lo que tiene sentido ya que fue él quien escribió los episodios donde debutó ("**Silencio en la Biblioteca**"/"**El bosque de los muertos**"), aunque en esa época fuese Russell T. Davies el encargado de la serie.

A continuación: primer (o último, según se mire) encuentro entre River y el Doctor.

Como luego sabremos, la historia donde se presenta al personaje es, en realidad, su última aventura cronológicamente hablando, ya que su línea temporal es inversa a la del Doctor y así, mientras que ella es el futuro de él y conoce todo sobre su historia común, para el atónito Doctor resulta que es la primera vez que se encuentran. Todo está aún por ocurrir. Ella misma tiene que llevar un diario (un cuaderno con las tapas con la puerta de la Tardis estampada) para saber exactamente en qué punto de la historia se encuentra cada vez que se cruza con el Doctor.

A la izquierda, el muy usado diario de River Song.

Al final de su primera aparición River se sacrifica para salvar a toda la gente atrapada en la biblioteca intergaláctica donde se desarrolla la acción –y donde se ha encontrado con el Doctor-, aunque su ser, su conciencia, permanecerá almacenada y viviendo una vida virtual dentro del sistema informático de la biblioteca (y como tal la volveremos a encontrar más adelante; es conocida la capacidad de Moffat para enrevesar y retorcer las líneas argumentales y el tiempo mismo).

Pero como decíamos, lo importante es que la historia de River Song está contada "al revés", por así decirlo, y en cada nueva aparición iremos sabiendo más cosas acerca de ella –y a la vez, haciéndonos cada vez más preguntas sobre su problemática relación con el Doctor-. El planteamiento resulta divertido y sumamente original, aunque no sé yo si es siempre coherente. Resulta difícil ir adelante y atrás en el tiempo sin meter la pata, pero vamos a suponer que todo cuadra a la perfección (después de todo la suspensión de la incredulidad es un requisito indispensable en toda obra de ficción, no digamos ya de ciencia-ficción).

La siguiente vez que aparece el personaje, en el episodio doble, ya de la etapa Moffat, "**El tiempo de los ángeles**"/"**Piedra y carne**", es pidiéndole ayuda al Doctor para resolver una misión que está realizando en la que están implicados los ángeles llorosos. Para hacer su trabajo ha sido puesta en libertad temporalmente, ya que, como nos enteramos a lo largo de la historia, está en prisión por "haber matado al hombre más bueno que ha conocido jamás". Se deduce, claro, que ese hombre es nada menos que el Doctor, pero no solo eso, sino que se confirma lo que ya se daba a entender en la aventura de la biblioteca. A saber, que ella y el Doctor han estado casados y/o se casarán en algún momento de sus respectivas líneas temporales.

River juega también un papel principal en la saga de la Pandórica que vimos en el apartado de Amy. Allí la vemos precisamente fugarse de la cárcel, en la que sigue prisionera. Se ve que ha pasado gran parte de su vida en la prisión, claro que entra y sale de ella cuando quiere.

Todavía más importante es su intervención en la saga **The imposible Astronaut/Day of the Moon** ("El astronauta imposible"/"El día de la Luna") que abre la sexta temporada, y en la que el Doctor la invita, junto a Amy, Rory y un nuevo personaje (el agente del FBI **Canton Delaware**, interpretado por **Mark Sheppard**, en la foto de la derecha, y por su padre -como el Canton anciano-) a presenciar su propia ejecución (la del Doctor), a manos del astronauta del título del primer episodio. En capítulos posteriores sabremos que ese astronauta asesino no es sino la propia River... ¿o no?, siendo utilizada por **El Silencio** para acabar con el Doctor, de ahí que estuviese en prisión, por cometer dicho asesinato.

Obviamente, el Doctor conseguirá librarse de su destino, luego veremos cómo. Baste decir por ahora que en esa saga River aparece, además, en su forma de niña –aunque entonces no sabemos que se trata de ella-. Primero la vemos dentro del traje de astronauta pidiendo ayuda, aunque cuando por fin la encuentran Amy le dispara, pensando que es el astronauta que mató al Doctor. Más adelante aparece en un callejón de Nueva York, donde asistimos a su "regeneración", a la manera del Doctor. Pues sí, resulta que River fue concebida en la Tardis, de ahí que tenga características similares a los Señores del Tiempo, aún siendo humana. Abajo la River niña.

Su siguiente aparición es en el episodio "**Un hombre bueno va a la guerra**" (séptimo episodio de la sexta temporada) donde participa en el rescate de Amy (recordemos, su madre) y de su propio yo recién nacido. Cuando fracasan en salvar a la niña de las garras del Silencio, River por fin les confiesa al Doctor y a sus padres que la hija de Amy y Rory no es otra que ella misma.

Este episodio enlaza directamente con el siguiente (**¡Matemos a Hitler!**), en el que descubrimos (con esta mujer todo son descubrimientos) que River se ha criado junto a Amy y Rory en la forma de su mejor amiga, la alocada **Mels**, sin que estos sepan que se trata en realidad de su propia hija. De hecho, Amy le puso el nombre de Melody a su hija en honor a esta amiga... ¡que resulta ser la propia Melody/River! En fin, una de esas paradojas temporales (y van...). La palabra más parecida a "melodía" que conocía el pueblo que la crió era "canción" –song-, sutituyendo también el "Pond" de su apellido ("estanque" en inglés) por río ("river"), de ahí su nombre.

En el trascurso de esa aventura se produce una nueva regeneración de **Mels**, transformándose en la River Song que todos conocemos (la actriz **Alex Kingston**).

*Abajo, River en la forma de **Mels**, igual de alocada que siempre. Es una pena que la actriz **Nina Toussaint-White** no pudiese permanecer más tiempo en el papel (se regenera pronto en la River de Kingston) porque está fantástica.*

La recién regenerada River sacrifica las regeneraciones que le quedan para salvar al Doctor transfiriéndole toda su energía, aunque inicialmente no tiene problemas en intentar matarlo ella misma, ya que, como nos recuerda, ha sido entrenada (condicionada) para eso y es "una psicópata". Supongo que ese es el momento en el que se enamora del Doctor y de ahí que lo salve.

Habiéndose librado del lavado de cerebro de la secta alienígena, el Doctor y Amy y Rory la dejan recuperándose en un hospital en el futuro lejano. Es en ese momento cuando el Doctor le regala su famoso cuaderno en forma de Tardis que siempre lleva consigo. Ya recuperada, decide estudiar arqueología "para encontrar a un hombre bueno".

Finalmente, en los últimos minutos del episodio **Closing Time** ("Hora de cerrar") vemos como Madame Kovarian coge a una recién graduada en arqueología River y hace que sus hombres la introduzcan a la fuerza en el traje de astronauta que matará al Doctor en el episodio inicial de la temporada. Pese a que el traje actúa por sí mismo, River se resiste, con éxito, a matar al Doctor, pero como ese momento es un "punto fijo" de la historia (es decir que tiene que ocurrir obligatoriamente, en contraposición a otros sucesos que sí pueden ser alterados), lo que consigue es hacer que el tiempo se colapse, dando lugar a una realidad donde todas las épocas están "sucediendo" a la vez –Churchill es un general romano y hay pterodáctilos en Londres, por ejemplo- . Esta situación se encamina rápida e irremediablemente hacia el final de todo lo que existe... si el Doctor no hace algo, claro.

En el siguiente episodio, llamado "**La boda de River Song**", efectivamente el Doctor y River se casan y éste convence a River de que tiene que matarlo para salvar la realidad. Pero claro, la cosa tiene truco. El Doctor organiza su propia muerte (la que vimos al principio de la temporada, a manos del astronauta) pero no es a él a quien River dispara, sino a un robot de un grupo llamado **Telesecta** que puede imitar cualquier forma. Este grupo apareció en el episodio "Matemos a Hitler", de hecho, de manera que todo está relacionado. Aquí se hace pasar por el Doctor, haciéndole creer a todo el mundo –sus enemigos incluidos- que ha muerto.

Al tanto del engaño, River acepta cumplir su papel en la farsa, lo que la llevará a la prisión en la que tantas veces la hemos visto con anterioridad.

Arriba y a la izquierda, la boda entre River y el Doctor... ¡en presencia de los padres de ella! (más jóvenes que la novia, por cierto), con beso incluido.

La historia de "La boda de River Song" cierra, en propiedad, el círculo de la historia de River, aunque el personaje es demasiado bueno y volverá a aparecer en la serie, ya fuera estrictamente de esta línea argumental.

Así, por ejemplo, en una serie de miniepisodios (o "minisodes" como los llaman en inglés) emitidos en su momento, y luego recopilados en los dvds de la sexta temporada, vemos como el Doctor se cita a menudo –casi siempre "fuera de cámara"- con River (no queda muy claro en qué tramo de las líneas temporales de ambos) lo que cimentaría su relación sentimental más allá de lo que hasta ahora hemos visto.

Lo de los miniepisodios es algo común en Doctor Who. También se hizo una "miniserie" basada en la vida diaria de los Ponds tras la quinta temporada, cuando Amy y Rory estaban recién casados.

Ya en los episodios de la serie propiamente dichos la encontramos en "**Los Ángeles toman Manhattan**" (temporada 7), el de despedida de Amy y Rory, que no sabría muy bien donde situar en la cronología de River. Más adelante la vemos en **El Nombre del Doctor**, al final de esa misma temporada, como la entidad informatizada en la que se convirtió en su primera aparición.

Ninguna de estas apariciones posteriores añade nada a su historia, son más bien cameos de lujo. Diferente es el especial navidad de 2015, "**The Husbands of River Song**" ("Los maridos de River Song") donde River se encuentra con el Duodécimo Doctor (**Peter Capaldi**, por fin un Doctor que es en apariencia física mayor que ella).

A la derecha, River y su "sweetie".

Aparte de presentarnos algún que otro devaneo de River con diferentes hombres (los "maridos" del título), en el episodio asistimos por fin a la mítica velada que pasan juntos en las torres cantoras de Dalirium, un evento que se ha mencionado con anterioridad en varios episodios y que es importante ya que sabemos que es la última noche que River y el Doctor pasarán juntos. Claro que, como le desvela él a ella al final, las noches en ese planeta duran 24 años. Es aquí cuando el Doctor le regala el destornillador sónico que ella lucirá en "Silencio en la Biblioteca", su primera aparición, allá por la cuarta temporada.

Retorno a la **página 24** si has llegado aquí desde ese punto del el apartado dedicado al **Undécimo Doctor**.

09. CLARA OSWALD

Clara, interpretada por la actriz **Jenna Coleman**, es la sucesora de Amy y Rory como companion, y ya había aparecido en dos ocasiones antes de convertirse oficialmente en la segunda de a bordo de la Tardis, en lo que parece otro ejemplo más de actriz invitada que acaba quedándose en la serie, como ya ocurriera en alguna ocasión anterior (el personaje de Donna Noble, por ejemplo).

En "**El manicomio de los Daleks**", el primer episodio de la séptima temporada, es una naufraga atrapada en el planeta donde los daleks arrojan a los desechos de su raza. Como tal, su personaje ayuda a escapar al Doctor y a Amy y Rory, descubriéndose al final que la propia Clara, aquí con el nombre de Oswin Oswald, ha sido convertida en dalek hace tiempo, aunque ella no es consciente de ello.

*A continuación, la primera vez que vemos a Clara, que entonces ni siquiera se llama así sino **Oswin Oswald** (lo de Oswin resultará ser un mote para Oswald Wins –"Oswald gana"- como se aclarará en un episodio posterior.*

Su conciencia está atrapada en una de las armaduras dalek, aunque no lo quiere/no lo puede admitir y se ve a sí misma como ella siempre ha sido.

Al final de ese episodio esta "Clara" muere junto con todo el planeta, pero vuelve a aparecer, ahora ya como Clara Oswald, con una intención evidente de integrarla en la serie, en el especial navideño "**The Snowmen**". Este especial se sitúa en medio de la séptima temporada, que tuvo dos partes. La primera llega hasta la despedida de Amy y Rory (Episodio 7, "The Angels Take Manhattan") y la segunda empieza ya con el debut de la "auténtica Clara".

Aquí, en el especial navideño, es una camarera e institutriz en el Londres victoriano que se siente inmediatamente atraída por el Doctor (¡cómo no!) y que también acaba muriendo.

Abajo, Clara "meets" the Doctor. Es comprensible que luego no quiera aceptar a Capaldi como el nuevo Doctor.

La Clara definitiva, la de nuestros días, aparece en el episodio inmediatamente posterior al especial navideño –de hecho, el enigma que representa su reaparición pone en marcha de nuevo al Doctor, que había estado algo melancólico, incluso retirado de su papel como defensor de la humanidad, tras la marcha de Amy y Rory- y ya permanecerá como la acompañante del Doctor en el último tramo de la carrera de Matt Smith encarnando al personaje y buena parte de la época del siguiente Doctor. Su papel será fundamental en la trilogía que cierra la etapa Smith, **The Name of the Doctor**, **The Day of the Doctor** y **The Time of the Doctor**.

En el primer episodio de esta saga se revela por fin el misterio de las diferentes Claras. Para salvar al Doctor ella tiene que entrar en la línea temporal de éste, fragmentándose en cientos de ecos de su propio yo que ayudan al Doctor en numerosas ocasiones – o algo así-. Por eso apareció en diferentes momentos de la vida de éste (en el manicomio de los daleks, en la Inglaterra victoriana... Otras veces que se han encontrado sin que él ni siquiera se diera cuenta, o ha sido un encuentro tan breve que el Doctor no la había asociado a "su" Clara (vemos secuencias de Clara encontrando al primer Doctor, por ejemplo, cuando robó la Tardis, y en el trasfondo de algunos momentos con otros Doctores).

Es así como Clara se gana el título de "**la chica imposible**" y también el de "**la chica que nació para salvar al Doctor**" (Moffat era muy dado a este tipo de apodos rimbombantes).

Al final del primer episodio que compone la saga ella y el actual Doctor vislumbran a un Doctor que no está en la lista "oficial", digamos. Es el "**Doctor de la guerra**", lo que lleva directamente al especial del 50 aniversario donde el Décimo y el Undécimo Doctor se encuentran –y a su vez encuentran a este Doctor no-oficial, y salvan juntos Gallifrey.

*Desvío para revisar el episodio del **50 aniversario** (página 43).*

Por fin, en la última parte de esta trilogía la intervención de Clara es fundamental para que los Señores del Tiempo le concedan al Doctor un nuevo ciclo de regeneraciones, ya que él ya había agotado las trece de las que disponía, lo que lleva a la regeneración del personaje como Duodécimo Doctor. Eso no hace exactamente feliz a Clara, ya que pierde a "su" Doctor, por el que era obvio que sentía algo más que amistad. En cambio se encuentra con el madurito **Capaldi**, al que le cuesta trabajo aceptar. De hecho, su actitud con él es algo dura, incluso antipática, en algunos episodios, aunque acabaran forjando un vínculo especial en las dos temporadas que compartirán (la 8 y la 9).

El interés romántico de Clara se desplaza hacia su colega en el instituto donde da clases, el Profesor **Daniel –Danny- Pink** (el actor **Samuel Anderson**), un personaje interesante al que Clara trata de ocultarle su doble vida de aventurera con el Doctor pero que acaba, inevitablemente descubriéndolo todo.

Él mismo es un protagonista central en alguna de las historias de la 8ª temporada, por ejemplo el escalofriante episodio "**Listen**".

Danny muere atropellado, pero después de muerto se ve envuelto en una trama del **Amo** –que vuelve en forma de "Ama") - y los cybermen, convirtiéndose en uno de ellos aunque su conciencia logra dominar la programación robótica y de hecho acaba salvando el día.

*Debajo, **Danny**, primero como profesor y luego como cyberman, tras su muerte.*

*Si has llegado hasta aquí buscando más información sobre **Danny Pink**, vuelve al punto de partida en la **página 70**.*

***

También Clara acaba muriendo, de forma más bien gratuita, en mi opinión, ya en la temporada siguiente, la novena (hay que señalar de nuevo la incapacidad de Moffat para decirle adiós a un companion de forma no traumática), aunque, por otro lado, la muerte de Clara da pie a alguno de los episodios más interesantes de la temporada.

Recapitulemos: Clara muere, digamos, que por pasarse de lista. Cambia la sentencia de muerte a la que había sido condenado un amigo suyo (en forma de tatuaje que marca como objetivo a eliminar al que lo lleve por una especie de cuervo, de ahí que el título del episodio, **Face the Raven** –o "Cara a cara con el Cuervo", en español-). Ella da por hecho que el Doctor podrá salvar el día en el último momento, como suele hacer. Y de hecho el Doctor consigue demostrar la inocencia del amigo de ambos, pero al haber asumido ella la condena, lo que no puede es evitar que ésta se cumpla. Total, que es ejecutada, así, por las buenas.

Como siempre en Doctor Who, las cosas no son tan sencillas y el Doctor consigue "extraerla" de su último segundo de vida, aunque para ello tiene que enfrentarse a los miembros de su propia raza, los Señores del Tiempo, en los notables dos últimos episodios de la temporada (**Heaven Sent/Hell Bent**" –"Enviado al cielo"/"Huido del Infierno"; las traducciones no son mías sino de los diferentes sitios en castellano, en internet, sobre la serie. Lo de la "extracción" no quiere decir que Clara reviva. Su muerte es uno de esos puntos fijos en la historia que no se pueden cambiar, así que tarde o temprano tendrá que regresar al momento de su muerte, pero puede dar un largo rodeo mientras tanto, cosa que hará en compañía de "**Me**", una chica inmortal de la que hablaremos enseguida, a bordo de una Tardis (modelo antiguo en el interior, restaurante temático de la América de los 50 en el exterior).

En teoría este final permitiría que el Doctor y Clara volviesen a cruzarse, pero no lo han vuelto a hacer. Por otro lado, el Doctor pretendía robarle los recuerdos que sobre él tiene Clara, como forma de salvarla, pero ella no lo permite y consigue que sea él quien la olvide, aunque siga teniendo conciencia de que conoció a una chica llamada Clara y de que hay un enorme vacío en su memoria.

*Retorno a la **página 49** si has llegado hasta aquí desde allí buscando información sobre **Clara**.*

10. "ME"

"Me" (tradúzcase como "yo") no es exactamente una "companion" del Doctor, sino un personaje recurrente con el que éste se cruza a lo largo de la temporada 9, aunque en un momento dado le pide encarecidamente viajar con él, algo a lo que el Doctor se niega porque "son demasiado parecidos".

Interpretada por **Maisie Williams**, originalmente, "Me" era una chica de un poblado vikingo al que el Doctor ayuda a repeler un ataque alienígena. En la batalla final **Ashildr**, como se llamaba entonces el personaje, resulta mortalmente herida y el Doctor, para salvarla, le implanta una especie de "kit de supervivencia", lo que en la práctica la convierte en inmortal.

Eso ocurre en el episodio "**La chica que murió**" (**The Girl Who Died**, el quinto de la temporada novena). En el episodio siguiente, The Woman Who Lived ("**La mujer que vivió**"), nos la volvemos a encontrar –nosotros y el Doctor, que en esta ocasión viaja sólo- en la Inglaterra del siglo XVII, convertida en una asaltacaminos disfrazada y, a la vez, en una rica propietaria.

"Me" pone al día al Doctor acerca de su vida como inmortal, que incluye algunos detalles no demasiado felices, como el ver morir a los que ama –hijos incluidos-. Ha adoptado el nombre de "Me" porque su memoria no puede albergar todas las experiencias e identidades que llega a vivir. De hecho, mantiene un diario para recordarse a sí misma todo lo vivido y quién es.

A la derecha, distintas encarnaciones de "Me", de pobre chica vikinga a rica propietario con doble identidad en la Inglaterra post isabelina.

Tras concluir esa aventura, "Me" decide adoptar el papel de vigilar al Doctor y hacerse cargo de las personas que él deja atrás en sus aventuras (como considera que le pasó a ella). En la práctica, eso la acaba convirtiendo en regente o "alcaldesa" de una calle de refugiados interplanetarios que vive oculta a los ojos de los humanos, ya en el Londres del siglo XXI, en nuestra época. De hecho, como tal, "Me" es en parte responsable del final de Clara (en el episodio "**Face The Raven**" que comentábamos antes). Es ella quien le implanta la orden de ejecución a **Rigsy**, el amigo de Clara y el Doctor, pensando, equivocadamente, que supone un peligro para la comunidad. Sí, el mismo tatuaje que Clara intercambia y que la llevará a la muerte.

Más adelante, volvemos encontrar a "Me" en "el fin del universo", a donde el Doctor huye con Clara cuando la rescata de la muerte, extrayéndola del continuo temporal un segundo antes de que se produzca su deceso (ver la sección de **Clara Oswald**).

Clara y "Me" acaban viajando juntas a bordo de una Tardis robada, a la búsqueda de aventuras hasta el momento en que Clara decida volver a Gallifrey para enfrentar su destino.

*A la derecha, la "**Me**" actual, si es que ese concepto puede aplicarse a los viajeros temporales.*

11- BILL POTTS Y NARDOLE

Con Clara fuera de la ecuación, el Doctor no tarda en encontrar nuevo acompañante: se trata de **Bill Potts** (interpretado por la actriz **Pearl Mackie**), una chica que trabaja en la cantina de la Universidad donde el Doctor ha decidido retirarse (luego descubriremos porqué), pero que pese a no ser estudiante acude a las conferencias del Doctor, llamando la atención de éste por su actitud ("cuando no comprende algo, sonríe, en vez de fruncir el ceño, como hace la mayoría de la gente"). Bill es un personaje muy cañero y con un aire más actual que por ejemplo Clara, que a veces parecía más una institutriz de un tiempo pasado que una chica de su época.

En realidad, el Doctor ya tenía un compañero en la figura de **Nardole**, interpretado por el cómico **Matt Lucas**, célebre por la serie de sketches humorísticos "**Little Britain**". Si no lo conoces te recomiendo vivamente que lo busques en Internet. Es tronchante.

Nardole era el sirviente de River Song en el especial "**Los maridos de River Song**". El Doctor decide rescatarlo y llevarlo consigo para no estar solo, tras lo ocurrido con River (se supone que acaban de pasar su última noche, de 24 años, juntos, y que la próxima vez que se vean será cuando ella muera en la biblioteca –ver la historia de River Song-). O bueno, eso es lo que dice al principio de la serie. Más adelante declarará que ha seguido al Doctor por orden de River.

A la derecha: **Nardole** *no acaba muy bien en el especial donde aparece por primera vez. De hecho su cabeza es separada del tronco e integrada en el cuerpo robótico de* **Hydroflax**, *uno de los "maridos" de River que dan título al episodio.*

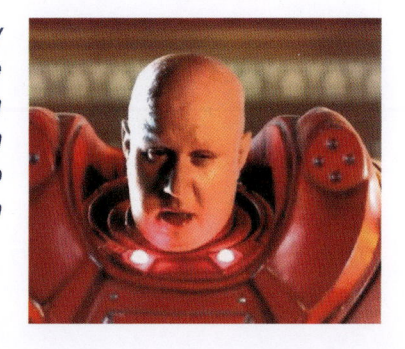

Pero supongo que Nardole no bastaba como acompañante y Moffat decidió recurrir a la típica chica terrestre no tan típica en realidad.

Pearl Mackie es simpática como acompañante, aunque sólo le da tiempo a estar una temporada. La décima fue la última del Moffat como showrunner y Capaldi como Doctor y su sucesor, **Chibnall**, decidió empezar desde cero con la Doctora, como hiciera el propio Moffat en su momento. Hubiese sido interesante que Bill sirviera de enlace entre el Doctor de Capaldi y la Doctora, por no hablar de que la combinación de las dos mujeres hubiese sido algo disparatado.

Pero en fin, es inútil especular con lo que pudo haber sido y no fue.

Pese a la breve estancia de Bill en la serie, Moffat aprovecha para hacerla protagonizar otro de esos finales traumáticos para los companions a los que nos tiene acostumbrados, con la pobre chica convertida nada menos que en cyberman (¿cyberwoman?), modelo retro, en los dos últimos episodios de la última temporada de Capaldi, "**World Enough and Time**" y "**The Doctor Falls**" ("Tiempo y espacio suficiente" y "El Doctor cae" según la traducción oficial).

*A continuación, **Bill** con el Doctor, en un temprano episodio de la décima temporada, y ya transformada en cyber-retro-girl.*

No sólo torturar a los companions del Doctor de semejante manera parece algo innecesario (acompañar al Doctor empieza a ser un entretenimiento francamente peligroso) sino que este giro argumental se parece peligrosamente a lo que le ocurrió a **Danny Pink** en la temporada 8, ideado también Moffat.

La solución "si pero no" que se le da al personaje también recuerda a lo ocurrido con **Clara**. Y es que Bill consigue librarse de su destino como cyberman, gracias a su amiga/novia la "piloto" (vista en el primer episodio de la temporada 10, llamado precisamente "**The Pilot**"), que la convierte en una forma de vida igual a la que ella se ha convertido. Es algo así como un charco de agua que toma apariencia humana y viaja allá donde quiere. De hecho, llega a decirle a Bill que podría transformarla en ser humano, pero ésta decide quedarse en esa forma y viajar junto a su amiga... por el momento.

*A la derecha, **Heather** "la piloto" (la actriz **Stephanie Hyam**), la chica con un iris en forma de estrella.*

Nardole, por su parte, se queda en la colonia humana que vive en la nave donde se desarrollan los dos últimos episodios de la temporada para protegerlos de los cybermen.

Bill, sin embargo, tiene una última aparición en el especial **Twice Upon a Time** ("Érase dos veces") en el que se despide el Doctor de Capaldi. En realidad no se trata de ella, sino de una forma de vida alienígena que tiene sus recuerdos y puede tomar su forma, pero eso le sirve a Moffat para hacer que esté presente en el adiós del Doctor. Gracias al mismo truco podemos ver también una última vez a Nardole e incluso a Clara, despidiéndose.

*Vuelve a la **página 72** si has llegado hasta aquí buscando información sobre los últimos acompañantes del **Doctor de Capaldi**.*

12. ¿MISSY?

Missy, alias **Mistress**, alias **The Master** (la estupenda **Michelle Gómez**) no es tampoco exactamente una companion del Doctor, pero en la temporada 10 llega casi a jugar ese papel. Básicamente Missy había sido condenada a muerte. El ejecutor debía ser el Doctor pero éste se apiada en el último momento y se compromete a vigilarla durante los próximos mil años. Es por eso que nos encontramos al

Doctor al principio de la temporada varado en la universidad, cuidando de la caja/prisión donde tiene prisionera a Missy.

Pero Missy pronto se inmiscuye en los asuntos del Doctor y declara que quiere convertirse en una buena persona, por no hablar de que, después de todo es un Señor (Señora) del Tiempo también y, como tal, uno de los pocos seres en el universo que el Doctor siente que puede comprenderlo plenamente. De hecho, el Doctor llega a proponerle un test, poniéndola al mando de una misión, lo que da lugar a una hilarante escena en la que ella se presenta a todo el mundo diciendo que es "el Doctor Who". Ante la pregunta de Bill de porqué dice eso, cuando el Doctor es simplemente "el Doctor", ella responde que cuando él lo hace todo el mundo pregunta "¿Doctor Who?", así que está simplemente evitando circunloquios.

*Abajo, **Missy**: "Hello, I'm Doctor Who". Descacharrante.*

Eso ocurre en los dos últimos episodios de la temporada, en los que Bill acaba convertida primero en cyberman y luego en una forma de vida alienígena (ver historia de **Bill Potts** en el apartado anterior). Por su parte, Missy se encuentra con su anterior reencarnación, el **Amo** de **John Simm** y acaban matándose el uno al otro (se supone que de forma definitiva, aunque como en la temporada 12 ha reaparecido con una nueva forma, se ve que no lo era tanto).

*En la imagen, los dos **Masters**; si el Doctor puede encontrarse con encarnaciones pasadas de sí mismo, porqué no el Amo.*

Una de las características de la serie es que da notables saltos en el tiempo y la continuidad narrativa, dejando que sea la imaginación del espectador quien suponga que ha ocurrido entre medias. Otras veces se dan explicaciones a vuelo pluma, sin entrar en mayores profundidades, y a veces contradiciéndose.

*Vuelve a la **página 60** si has llegado aquí desde los especiales del Doctor de Tennant o a la **página 73** si tomaste el desvío en el capítulo del **Doctor de Capaldi**.*

13. YASMIN –YAZ- KHAN

No quisiera ser injusto con los "companions" de la Doctora, pero la verdad es que, aunque me haya acabado gustando su etapa (si eres fans del Doctor acabas aceptando todas), lo cierto es que sigo pensando que son algo flojos como personajes. Claro que comparados con los dramones que han vivido Rose, Amy/River, Clara y hasta Bill Potts la vida de cualquiera parecería anodina. Yo mismo he criticado los excesos de algunos acontecimientos en las vidas de los acompañantes anteriores, pero es que Chibnall se ha ido al lado opuesto.

Tomemos por ejemplo a Yasmin, más conocida en la serie como Yaz (foto de la derecha). Es una policía de **Sheffield** ansiosa de vivir las aventuras que no obtiene en su puesto de trabajo. En uno de los viajes con la Doctora a la partición de la India y Pakistán descubre que no todo lo que creía sobre su familia (una familia de lo más normal, por otro lado), era cierto, pero poco más se puede decir de su peripecia vital. No es culpa de **Mandip Gill**, la actriz que interpreta al personaje, que éste carezca de trasfondo dramático.

Quizá para dotarla de algo de interés al final hacen que esté enamorada de la Doctora, pero como es un hilo argumental que no va a ningún lado, tampoco sirve de mucho. Me da la impresión de que Gill hubiese estado mejor como Doctora que haciendo el papel de comparsa, a menudo pasivo, pero eso es algo que ya no sabremos.

14. RYAN Y GRAHAM

Luego tenemos a la pareja formada por **Ryan Sinclair** y **Graham O'Brian** (los actores **Tosin Cole** y **Bradley Walsh** respectivamente), nieto y abuelo, aunque no biológicos. El desarrollo de su relación, de distante a afectiva, viene a ser el tema principal de su historia a lo largo de las dos temporadas que coprotagonizan, sin que podamos decir mucho más sobre ellos. En mi opinión Graham, el abuelo, tiene más chispa, siendo curioso que sea probablemente el primer companion mayor que el Doctor (al menos de aspecto, ya sabemos que en realidad el Doctor tiene miles de años), aunque quizá Cole tenía instrucciones de interpretar al nieto como un joven indolente, vete tú a saber.

Me llama la atención que en el primer capítulo abuelo y nieto estuviesen acompañados por un personaje estupendo, la abuela de Ryan y mujer de Graham, **Grace O'Brian** (la actriz **Brid Brennan**), una persona decidida y con carácter de la que, sin embargo, decidieran deshacerse en ese mismo episodio. Quizá luego se arrepintieron, porque la "**Doctora fugitiva**" parece estar cortada por el mismo patrón. ¡Incluso se parecen físicamente!

Abajo, la familia O'Brian, Ryan a la izquierda y sus abuelos Grace y Graham a la derecha.

15. DAN LEWIS

Dan, interpretado por el actor **John Bishop** (en la foto de la derecha) aparece ya en la tercera y última temporada de la Doctora, que es también la más corta (seis episodios encadenados conocidos como Flux, "El flujo") más algún especial. Tampoco tiene una vida especialmente dramática o complicada. Sabemos que estuvo enamorado pero su novia lo dejó poco antes de casarse. Ahora le tira los tejos a **Diane**, una trabajadora del Museo de Liverpool donde a Dan le gusta colarse para explicar anécdotas de su ciudad a los turistas (algo por lo que recibe las reprimendas de Diane).

Lo más interesante de Dan sea probablemente la relación que establece con Karvanista, el lupari encargado de protegerlo durante los eventos del flujo y que fue acompañante de la Doctora en una de sus vidas olvidadas. Tras su periplo en la Tardis desaparece sin pena ni gloria cuando repentinamente toma conciencia de su vulnerabilidad.

Además de los acompañantes oficiales la Doctora cuenta con una legión de aliados que le ayudaran a resolver los terribles problemas que plantea el avance de "el flujo". Los vimos en la **página 78**, poco después de echarle un primer vistazo a Yaz, Ryan y Graham en la **página 75**.

16. RUBY SUNDAY

La ultimísima "companion" del Doctor es, claro, **Ruby Sunday**, que actúa junto con el nuevo Doctor, el de Ncuti Gatwa, ya en el especial Navidad de 2023. Poco podemos decir de ella por el momento. Habrá que esperar a ver qué ocurre en las próximas temporadas (la primera de la pareja se estrena –o se habrá estrenado ya cuando leas esto- en Mayo de 2024) y qué tipo de acompañante será (probablemente una que se lo pase muy bien).

El que sea una niña abandonada abre la posibilidad de que se exploren quiénes son sus padres (esa misteriosa mujer a la que vemos dejar a la niña en la puerta de la iglesia en el especial.

*Recuerda lo (poco) que sabemos de **Ruby** volviendo a la **página 87**.*

CAPÍTULO 6

El Doctor de entonces: la serie clásica

En cuanto a la serie clásica, no me atrevería a comentar un periodo que abarca más de 25 años y que tuvo a 7 Doctores y numerosos acompañantes y del que he visto más bien poco (¡por el momento!).

Tampoco es que las temporadas sean fáciles de localizar (por no hablar de las que se han perdido para siempre, dada la costumbre, sobre todo durante la primera época, de grabar encima de las cintas para ahorrar material –eran tiempos de escasez-). Algunas han sido restauradas o completadas con animación, lo que es interesante de ver.

Menos asequibles están aún los seriales en el mercado castellanoparlante. Siempre queda la posibilidad, eso sí, de conseguir las ediciones inglesas en dvd de sagas concretas (la serie antigua seguía un esquema totalmente diferente, desarrollando una historia en varios capítulos, como en cierto modo recuperó Chibnall con "Flux"). También se puede rebuscar en páginas web donde a veces se encuentra algún que otro episodio subtitulado.

Aviso desde ya que, como muchas series de los 60 y 70, el Doctor Who antiguo puede ser a veces bastante desfasado -o encantadoramente kitsch, depende de con qué ojos se le mire-. No obstante animo al "**whoviano**" intrépido a que se adentre en el universo clásico de la serie. Le puede sorprender y, después de todo, mucha de la mitología y personajes que rodean al Doctor Who –los daleks, los cybermen, etc- se desarrolló en esta primera etapa. Por si sirve de ayuda, a continuación van algunas notas sueltas e impresiones sobre los Doctores clásicos.

PRIMER DOCTOR
Intérprete: William Hartnell (1963-1966)

El primer episodio de la serie es tremendo. Se titula **An Unearthy Child** ("Una chica de las estrellas") en referencia a **Susan**, la nieta del Doctor, interpretada con altas dosis de –divertido- histerismo. El propio Doctor es un cascarrabias fascinante. En ese primer episodio – imprescindible para cualquier fan de la serie- ya están muchas de las cosas típicas de Doctor Who: la **Tardis**, los viajes en el tiempo o los primeros companions (aparte de la propia Susan, sus sorprendidos profesores, **Barbara** e **Ian**. Todos juntos se pueden ver abajo, en la fotografía).

Uno de los seriales más interesantes de esta primera etapa es el titulado "**Los aaleks**", precisamente porque incluye la primera aparición de los temidos enemigos del Doctor. De hecho, estos robots se hicieron tan populares tras aquella primera aparición que fueron los que realmente lanzaron la serie, que hasta entonces estaba siendo recibida por el público inglés sin demasiado entusiasmo. Por increíble que parezca los primeros cómics basados en la serie de TV estuvieron protagonizados por ellos, no por el Doctor. Como mucho, aparecían "**Los daleks y el Doctor Who**" (este último en letra pequeñita y llamado así tal cual "Doctor Who").

Se llegó a hacer una adaptación cinematográfica de la serie en la que el Doctor –aquí científico, pero no extraterrestre- estaba interpretado por nada menos que **Peter Cushing** sí, el famoso intérprete de la **Hammer**. La película, de fecha tan temprana como 1965, era una adaptación del serial "The Daleks" que comentábamos antes.

*Podemos ver a **Cushing** en la foto promocional de la peli reproducida a la izquierda. La imagen está dominada por los archipopulares daleks, cómo no.*

*A la derecha, el Doctor con otros de sus acompañantes de entonces. El **Primer Doctor** cambió bastante de companions durante su trayectoria: Susan lo dejó para quedarse con un hombre del que se enamoró en un planeta extraño, y Barbara e Ian volvieron a su actividad docente no mucho después. Los de esta foto son **Dodo** y **Steven**.*

Otra historia a destacar de esta época es la última del Primer Doctor, el serial **The Tenth Planet** ("El Décimo Planeta", segundo serial de la cuarta temporada), donde aparecen por primera vez los **cybermen**, otro de los enemigos recurrentes del Doctor. Aquí se produce la primera regeneración del Doctor, aunque no queda muy claro que se trate de la misma persona hasta algo más adelante (la productora se tuvo que enfrentar a la papeleta de perder su personaje principal –el actor que le daba vida no podía seguir haciéndolo por problemas de salud- y decidieron sustituirlo sin saber muy bien que inventar).

Abajo, diferentes encarnaciones de los **cybermen** *a través de los tiempos.*

En "El Décimo planeta" los acompañantes del Doctor eran **Ben** *y* **Polly**, *por lo que ellos fueron los primeros en vivir un cambio de Doctor. En la imagen de la izquierda se puede ver a la pareja con el Primer Doctor y en la de la derecha con el Segundo.*

Pese a ser el más antiguo, los seriales del Primer Doctor parecen a veces más modernos que algunos de los posteriores. Particularmente lo encuentro de lo más interesante.

***

SEGUNDO DOCTOR
Intérprete: Patrick Troughton, (1966-1969)

Personalmente, debo confesar que he visto muy poco de él. Tampoco me llama demasiado la atención, al contrario que el Primero, al que encuentro fascinante, pero es una opinión muy particular; este Segundo Doctor me resulta demasiado estrambótico con su abrigo de pieles característico y su flauta.

Por cierto que su primera historia se ha perdido, pero fue recreada como dibujos animados. Se llama **The Power of The Daleks** y tiene una pinta muy interesante (ver imágenes a continuación). Los dibujos son en blanco y negro, como lo era la serie en aquella época y tienen el plus de presentar la primera regeneración, aunque sea en este formato animado. En realidad el cambio ya se intuía -comenzaba al final del serial del Primer Doctor "The Tenth Planet", que comentábamos antes, en un episodio también animado, por cierto. La BBC tiene el metraje del cambio en imagen real, sin embargo, y se puede ver en Internet (busca "**First Doctor regenerates**")

Según la página web **whatculture** el mejor serial de la época del Segundo Doctor fue **The Invasion**, una historia protagonizada precisamente por los cybermen.

En ese serial (también parcialmente perdido; el motivo, como en los casos anteriores, es que por lo visto se grababa encima por falta de material) aparece el **brigadier Lethbridge-Stewart**, que tendrá un papel importante más adelante y es uno de los fundadores de **U.N.I.T.**, división militar de las Naciones Unidas que lucha contra las amenazas paranormales. El Brigadier había sido visto por primera vez en **The Web of Fear** ("La red del miedo") todavía con rango de coronel.

Abajo, el brigadier Lethbridge-Stewart. La chica morena del fondo es **Zoe**, *una de las acompañantes del Doctor en esta época. Provenía del futuro (siglo XXI) y era extremadamente inteligente.*

El brigadier es un personaje al que se nombra en la serie moderna (el actor, **Nicholas Courtney**, falleció en 2011, hecho que se refleja en un episodio haciendo que muera el personaje, hecho que conocemos a través de una llamada telefónica).

Su hija, **Kate Steward**, aparece en la serie moderna como oficial científico de U.N.I.T. (ver foto en la página siguiente), de hecho participó en los acontecimientos de "El Flujo" y ha sido vista por última vez en el especial de Diciembre de 2023 en el que el nuevo Doctor de Tennant se regeneraba en Ncuti Gatwa.

*A la izquierda, la hija del brigadier, **Kate Steward**, en los tiempos actuales. Más abajo, el Doctor y **Jamie McCrimmon**, otro de sus acompañantes habituales, y más característicos en esta encarnación.*

Antiguamente los companions no tenían por qué ser a la fuerza chicas guapas, por lo que se ve.

*Jamie apareció por primera vez en el serial **The Hightlanders**, del que por desgracia sólo quedan el audio y algunos fotogramas. Jamie, de origen escocés, solía vestir la típica falda de aquellas tierras.*

Otro serial que merecería la pena investigar es **The War Games** –"Juegos de guerra"-, que consta de diez partes y que fue el último en ser grabado en blanco y negro, coincidiendo con la historia número 50 de Doctor Who. En él el Doctor se enfrenta a su propia raza, **Los Señores del Tiempo**, que aparecen por primera vez y que acaban exiliándolo a la Tierra y lo fuerzan a cambiar de apariencia.

TERCER DOCTOR
Intérprete: **Jon Pertwee** (1970-1974).

Exiliado, las historias de éste Doctor trascurren principalmente en nuestro planeta, donde el brigadier le da trabajo como agente independiente de U.N.I.T.

Este Doctor es mucho más dandy (bueno, comparado con el anterior) y también mas glamouroso, muy al estilo primeros años 70 (chaquetas de terciopelo, camisas con frunces... sin dejar por ello de ser muy masculino). Pertwee, simpático y atractivo –siempre para los cánones de la época, queremos decir-, es recordado con afecto por muchos fans maduros de la serie.

Sarah Jane Smith aparece ya como acompañante de este Doctor en la última época de éste (juntos en la foto a la izquierda), y seguirá con él durante su cuarta encarnación.

Esta etapa también se caracteriza por que el Doctor viaja a menudo a bordo de un coche descapotable amarillo al que llama "**Betsy**" (foto de la derecha).

Fue durante la etapa del Doctor de Pertwee cuando apareció por primera vez el personaje del Amo, el enemigo recurrente del Doctor.

El cambio de Doctor se produjo en **Planet Of The Spiders**, ("El planeta de las arañas") último serial del Tercer Doctor, siendo **Robots** el primero del siguiente Doctor, el mítico **Tom Baker**.

*Retorno al punto del **Doctor de Capaldi** donde se habla de Pertwee (**página 69**) si has llegado aquí desde allí.*

***

140

CUARTO DOCTOR
Intérprete: Tom Baker (1974 – 1981)

El Cuarto es el Doctor más longevo -7 años al frente de la serie- y uno de los más populares en su momento, especialmente en Estados Unidos, donde fueron sus aventuras las que empezaron a emitirse, dándolo a conocer allí.

Algunos seriales interesantes podrían ser **Genesis of the daleks** ("la génesis de os daleks", un intento de prevenir la aparición de ésta raza), **The Deadly Assassin** ("El asesino mortífero", donde el Doctor se enfrenta al **Amo** en solitario, ya que precisamente Sarah Jane aparece por última vez en el serial anterior, **The Hand of Fear** –"La mano del miedo"-. El Doctor es convocado a Gallifrey, al que no pueden ir los humanos, es la excusa para deshacerse de la fiel companion. La siguiente compañera del Doctor, **Leela**, aparecerá ya en el próximo serial, **The Face of Evil** ("la cara del mal") y lo acompaña en, por ejemplo, **The Talons of Weng- Chiang** ("Las garras de Weng-Chiang") que transcurre en el Londres victoriano con el Doctor ataviado cual Sherlock Holmes, y que es uno de los seriales más alabados por los aficionados.

No obstante, la historia de este Doctor es muy extensa y merecería una revisión más en profundidad. Al ser un Doctor tan longevo, tuvo también muchos companions.

*A la derecha, el Doctor con **Leela**, una de sus compañeras más exóticas (era una "salvaje" de otro planeta). Para acabar de mejorarlo en la primera foto vemos a ambos acompañados por **K-9**, el perro robótico del Doctor.*

*Retorno al **Especial 50 aniversario** si has llegado aquí desde ese punto (escena en el museo con **Tom Baker**, página 48).*

QUINTO DOCTOR
Intérprete: Peter Davison (1982-1984)

El Doctor más joven en su momento, desbancado luego tan sólo por Matt Smitt ya en la etapa moderna. **The Caves Of Andronzani** es una de sus aventuras que más se suele citar. Es su historia final e incluye una de las regeneraciones más memorables, en opinión de los entendidos. Desde luego la aparición del estrambótico siguiente Doctor, **Colin Baker**, con cara de loco, dejaría a los espectadores estupefactos (mira más adelante y juzga tu mismo).

Se dice que el Doctor de Davison tiene muchos elementos en común con el Décimo, el de David Tennant, y de hecho hay un miniepisodio emitido en 2007, **Time Crash** ("Choque temporal") en el que ambos se encuentran.

Abajo se puede ver al Quinto Doctor, el más joven de su época, solo y acompañando al Décimo Doctor, décadas después.

Durante su época como Doctor se celebró el 20 aniversario de la serie, con el especial **The Five Doctors** –"Los cinco Doctores"- que reunía a todas las encarnaciones del Doctor hasta el momento (el primero ya había fallecido por lo que tuvo que ser interpretado por otro actor, **Richard Hurndall**).

*Los Cinco Doctores; el episodio reunía a todas las encarnaciones del Doctor conocidas hasta el momento y algunos acompañantes clásicos como **Sarah Jane**, el **Brigadier, la nieta del Doctor** y hasta **K-9**.*

No era la primera vez que varias entidades del Doctor se encontraban, más bien al contrario, era casi una tradición, inaugurada con la historia **The Three Doctors** –"Los tres Doctores"-, el serial de apertura del décimo año, que reunía a los tres primeros Doctores.

Más adelante, en la época del siguiente Doctor, el sexto, hay una historia (**The Two Doctors** –"Los dos Doctores"-) que reúne al Doctor del momento con el segundo (Patrick Troughton) y en este mismo libro hemos visto como el Décimo de reunía con el Undécimo –más el hasta entonces desconocido Doctor de la Guerra-.

En tiempos más recientes el Doctor de Capaldi se encontraba con su primera encarnación, ahora interpretado por **David Bradley**, actor conocido por participar en Juego de Tronos, Harry Potter, etc. Bradley es un actor estupendo que da el tipo del Primer Doctor a la perfección y que de hecho interpretó al Doctor en la recreación de cómo se hizo la serie en sus primerísimos tiempos en la muy recomendable TV Movie **An Adventure in Time and Space** ("Una aventura en el tiempo y el espacio").

El actor, en la foto de la derecha caracterizado del personaje, también ha participado en sendas aventuras en formato audio.

SEXTO DOCTOR
Intérprete: Colin Baker (1984-1986)

El sexto fue uno de los Doctores más polémicos, criticado por su personalidad arrogante y sus historias violentas (de hecho, una de sus primeras acciones fue intentar estrangular a su companion del momento, **Peri**, cuando se regeneró. La serie estuvo un año en suspensión y empezó a rumorearse que podría ser cancelada, pese a lo cual todavía hubo un Séptimo Doctor.

A la derecha, El Sexto Doctor. Su abrigo de parches de colores no ayudaba a que se lo tomasen muy en serio.

*En la segunda imagen aparece acompañado de un canoso **Segundo Doctor** en la historia **The Two Doctors**.*

Abajo, los companions del Sexto Doctor (bueno, "las acompañantes" ya que fueron todas chicas): **Peri**, **Melanie** *y* **Ace**. *Ésta es la misma Ace que fue rescatada hace poco en el último especial de la Doctora (ir a la* **página 83** *si tienes curiosidad por verla ahora).*

SÉPTIMO (Y OCTAVO) DOCTOR
Intérprete: Sylvester McCoy (1987-1989); Paul McGann (1996)

Poco que decir de ellos (ambos en la foto de más abajo). El Séptimo, el del sombrero, fue el último de la primera etapa de la serie televisiva clásica.

Luego vino la TV movie de 1996, con **Paul McGann** como **Octavo Doctor**. Se suponía que la película sería el relanzamiento de la serie, pero que no tuvo el éxito suficiente para ello.

Curiosamente la revista **Doctor Who Magazine**, que se mantuvo en activo incluso durante los años en los que no hubo serie de TV, adoptó a este nuevo Doctor, de forma que vivió no pocas aventuras en sus páginas y ganó popularidad en su versión dibujada.

Obviamente del Octavo Doctor volvemos al Noveno y al relanzamiento de la serie en 2005, que sigue aún activa. Ve a la **página 34** para recordar el principio de la nueva etapa.

¡La aventura continúa!

ÍNDICE

Capítulo 1. Doctor... ¿quién?

-01. A modo de Introducción..7

-02. Doctor Who básico (lo que hay que saber del Doctor)........9

-03. Los quince Doctores..13

-Apéndice: el Doctor y yo...15

Capítulo 2. Enganchándose al Doctor

-01. The Eleventh Hour (el Doctor de Smitt)..............................19

-02. Y éste también es el Doctor (el Doctor de Tennant)...........28

-03. El primer nuevo Doctor (el Doctor de Eccleston)...............34

Capítulo 3. Nivel experto

-01. The Day of The Doctor: 50 años de Doctores.....................43

-02. The Time of The Doctor. Adiós, Doctor, adiós...................48

-03. Un nuevo origen del Doctor...51

-04. Los especiales de Tennant...54

Capítulo 4. Los últimos Doctores

-01. El nuevo viejo Doctor (el Doctor de Capaldi).....................65

-02. La... ¿Doctora?..75

-03. Welcome back, Doctor (vuelve Tennant)............................83

04. Y vuelta a empezar (el Doctor de Gatwa)............................85

Capítulo 5. Amigos y companions (por orden de aparición, o casi)

-01. Rose Tyler..89

-02. Adam..94

-03. Capitán Jack Harkness...95

-04. Martha Jones...99

-05. Donna Noble (recordatorio).................................102

-06. Y Kiley....¡¿Minogue?!..103

-07. Amelia –Amy- Pond (y Rory)...............................105

-08. River Song...111

-09. Clara Oswald...118

-10. "Me"...123

-11. Bill Potts y Nardole...124

-12. ¿Missy?..127

-13. Yasmin –Yaz- Khan..129

-14. Ryan y Graham..130

-15. Dan Lewis..131

-16. Ruby Sunday...132

Capítulo 6. El Doctor de entonces: la serie clásica)

-01. El Primer Doctor..134

-02. El Segundo Doctor..137

-03. El Tercer Doctor..139

04. El Cuarto Doctor..141

-05. El Quinto Doctor...142

-06. El Sexto Doctor..144

-07. El Séptimo (y el Octavo) Doctor..145

OTROS LIBROS DEL AUTOR:

-Doctor Who, los cómics

Más sobre Doctor Who en los e-books en formato kindle de Amazon "**Doctor Who, los cómics**", donde se analizan los cómics basados en la serie. Ya disponibles los correspondientes a los tres primeros Doctores, unos cómics difíciles de encontrar ya que no han sido reeditados desde su publicación original, o lo han hecho sólo parcialmente. Está en estudio su publicación en papel.

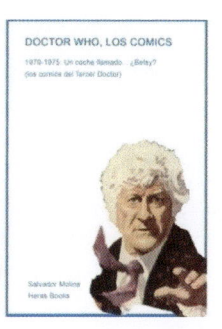

Si te interesan los estudios y ensayos sobre series de televisión te recomendados **The Big Bang Theory Enciclopedia**, donde recopilamos todas las referencias a la cultura popular que aparecen en la divertida serie americana de Sheldon y compañía.

Ya disponible en formato kindle la primera entrega con los 5 primeros episodios de la temporada 1 + el piloto no emitido.

En ella encontrarás entradas sobre Doctor Who, Star Trek o Galáctica, personajes de comics como Flash, Green Lantern y otros superhéroes DC, los pulps de Captain Future y mucho más.

-**¡No puedo con los Starks!** (crítica y análisis de la serie **Juego de Tronos**)

-**The Walking Dead vs. Los Muertos Vivientes** (comparativa entre la primera temporada de la serie de TV y los cómics).

-**Planeta de los Simios, Compendium.** Todo lo que siempre has querido saber sobre El Planeta de los Simios.

***

LIBROS SOBRE COMICS, EDICIÓN EN PAPEL

Serie Vértice:

-Barrabasadas (no sólo) Vértice. Vol. 1

-Barrabasadas Vértice: Spiderman

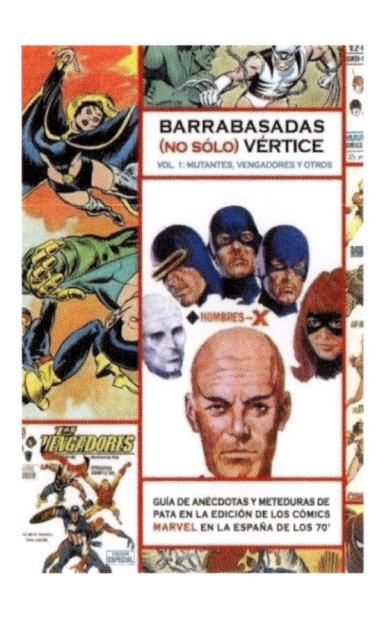

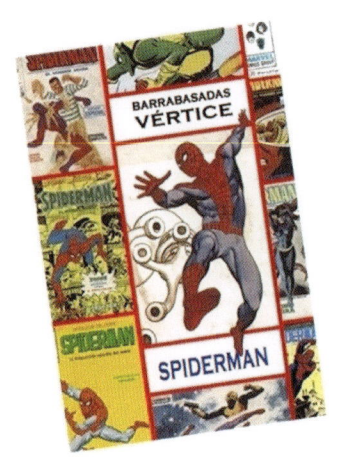

Trilogía Barrabasadas Forum. 1982-1992. Sobre la primera década de la editorial.

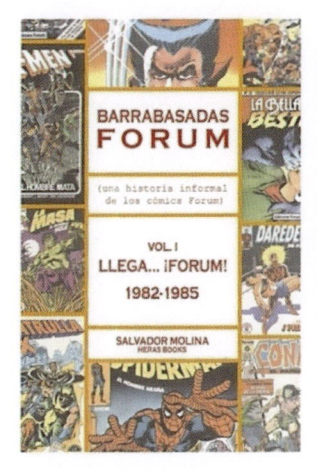

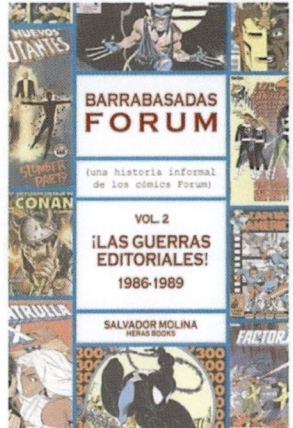

Y además:

-John Byrne: La era Charlton. 1975-1976

-Kirby in Spain: Naces espaciales y Dinosaurios

-Las mujeres en la vida de Conan

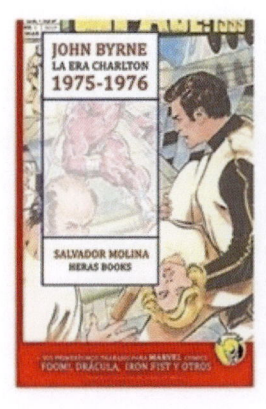

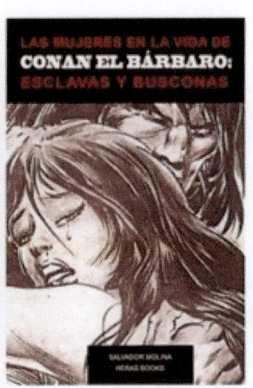

Printed in Great Britain
by Amazon